U0931620

名偵探莫雷

怪盜的犯罪預告

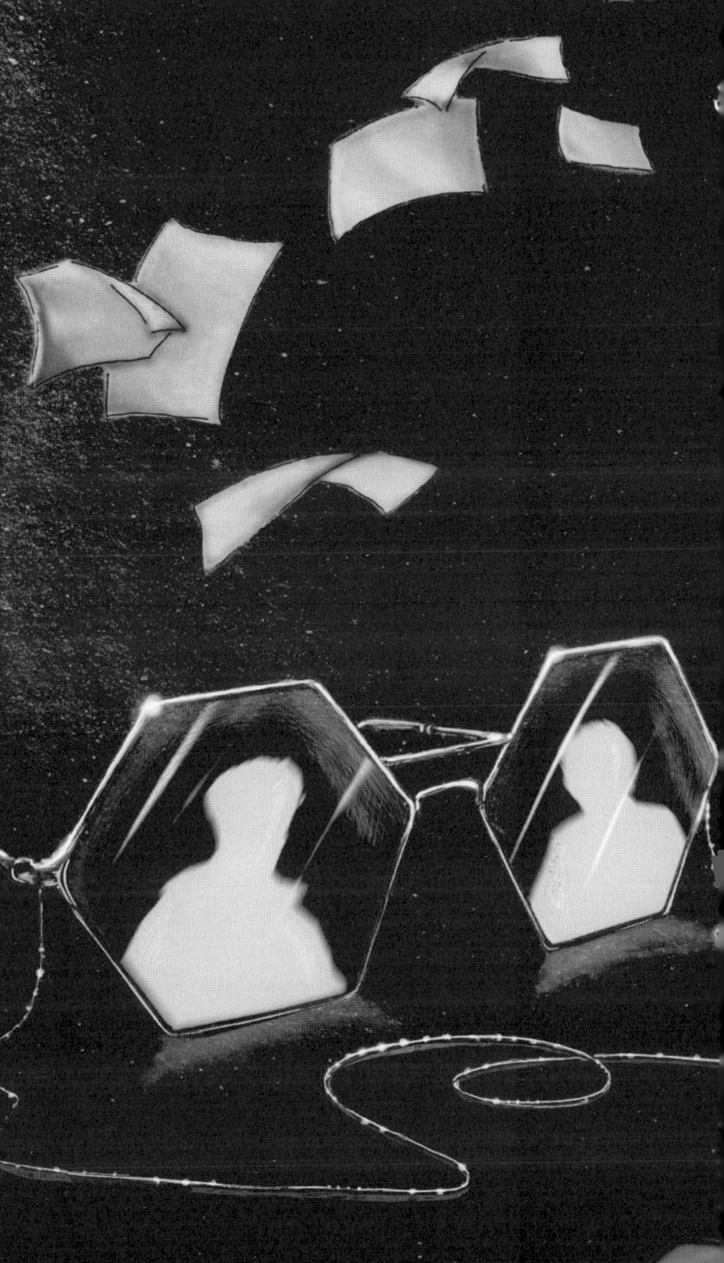

陳啟峰 著

名偵探莫雷・怪盜的犯罪預告
作者｜陳啟峰
責任編輯｜卓希雪
封面設計｜胡凱悅
美術設計｜五隻貓
插圖｜葉巧兒
出版發行｜突破出版社
香港沙田亞公角山路 33 號突破青年村
電話：2632 0000　傳真：2632 0388
電郵：breakthrough@breakthrough.org.hk
網址：http://www.breakthrough.org.hk
http://www.btproduct.com
承印｜陽光（彩美）印刷有限公司
2023 年 7 月初版 1 刷

Detective Morey・Premonitior
by Chan Kai Fung
First Printing, First Edition, July 2023

Printed in Hong Kong
ISBN 978-988-8562-91-6

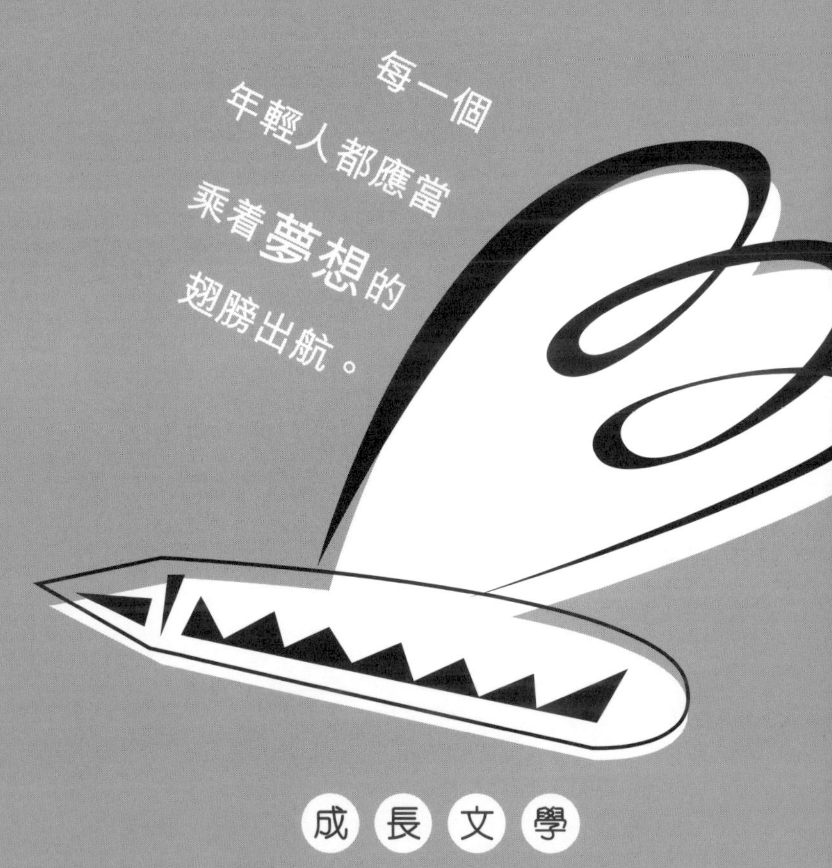

成長文學

目錄

推薦序

我最愛偵探故事，因為每個偵探故事都擁有一種很特別的魔力，總是會吸引着讀者一看再看。

每次當我閱讀偵探故事時，自己就會很容易代入角色之中，更會化身成為小偵探，從文字之中不斷細味咀嚼，翻前覆後的重複閱讀故事中的每一個字，皆因每個字詞都可能埋藏着重要的線索，有時候每個字詞都會變成零碎的碎片，給予機會讀者啟動邏輯思維，動動腦筋利用碎片有如砌砌圖般把故事拼砌出來，過程中能像運用 STEM 技能收集數據把謎底逐一拆解，每次破解謎團就會令自己有一種自我能力大提昇的感覺。

作者陳啟峰老師的全新著作《名偵探莫雷・怪盜的犯罪預告》一書就擁有這種吸引人細味品嘗的魔力。在故事中的偵探之城結集了很多智勇雙全的偵探精英，當中一位名叫莫雷是偵探之城的名偵探，當遇上怪盜的挑戰之後，就不斷運用STEM技能把怪盜所留下的小小線索，因為故事的發展包含了科學、科技、工程、天文、數學……等多元知識，所以名偵探莫雷需要對每一線索進行觀察、聯想、實驗及分析，在閱讀的同時就可以學到名偵探莫雷是如何把所學的知識和技能融匯貫通運用出來，這些技巧正正是現代學生們必須的未來工作技能之一，讀者可以透過「名偵探公會的10大守則」體會到工程師循規蹈矩的精神。同時，透過「名偵探莫雷的10大格言」學會正確的處事之道，可見作者投放了不少心思讓讀者逐一發掘。

我覺得《名偵探莫雷・怪盜的犯罪預告》很適合大人和小朋友一起閱讀，大家就能學會從留意自己的生活細節開始，發掘從生活中學習的新樂趣。

著名 STEM 節目主持及 STEM 教育專家

鄧文瀚先生（STEM SIR）

自序

《名偵探莫雷》是我第一次嘗試撰寫的偵探小說，同時也是我實現夢想的里程碑。在此，我想向所有支持、鼓勵和指導過我的朋友致以最誠摯的感激之情。

我自小就對推理劇情情有獨鍾，匪夷所思的案情、緊張刺激的氛圍以及智勇雙全的主角，總是讓我如痴如醉，愛不釋手。與其他讀者一樣，我經常幻想自己穿梭在曲折的故事情節中，與主角一起揭開謎團的面紗。在閱讀的過程中，我總認為設計這些劇情和難題的作者很厲害。到我進行創作時，我更加拜服偵探小説作者的廣博知識。因為在創作《名偵探莫雷》的過程中，我深刻體會到寫作的艱辛，從構思故事情節、設計角色形象，到梳理線索和破解難題，每一步都充滿了挑戰，最後往往會陷入困境。在這個過程中，我學會了堅持、反思和不斷嘗試，逐漸找到了自己的寫作節奏和風格。

在這本書中，我創造了一個充滿驚喜與探索的偵探市，每個角色都有他們的故事和秘密，還有一些精妙的小設計，在後續其他故事等待着讀者揭開。我期待讀者在閱讀的過程中，一同感受那些懸念、驚喜和解謎的快樂。

最後，再次感謝我所有讀者。在創作《名偵探莫雷》的過程中，我深刻體會到追求夢想的困難與喜悅。每一次挫折都讓我更加堅定相信：夢想的價值不僅僅在於實現，更在於執著追求的過程。我相信，只要我們相信自己，勇敢地追求夢想，夢想終究會在某個時刻，如同「曙光下的騎士」般守護我們的人生。

陳啟峰 二零二三年六月

名偵探公會的10大守則

1 永遠保持冷靜和理性，不要讓情緒影響你的思考和判斷。

2 始終保持專業態度，尊重他人的權利和隱私。

3 永不放棄，即使面對困難和挑戰，也要堅持不懈地追求真相。

4 深入了解案情和人物，並對每一個細節進行仔細的分析和思考。

5 保持開放的心態，不斷學習和探索新的方法和技能。

6 始終保持警惕，注意周圍的環境和人物，並注意任何可能的線索。

7 始終保持溝通和協作，與別人建立良好的關係，以便更好地解決案件。

8 始終保持正直和誠實，不要讓任何外在因素影響你的行為和決策。

9 保護你的研究和調查，確保你的信息和證據得到妥善保管和保密。

10 保持良好的倫理標準，不要做任何可能影響你的專業形象和聲譽的行為。

1 怪盜的挑戰

不可能。

這是莫雷的最後結論，

也是唯一的結論。

偵探市，這是位落於西北方的一座城鎮，以偵探輩出而聞名於世。這十多年來，世界不少著名的偵探都聚居於此地，使之成為了著名的偵探之城。

這裏偵探社林立，偵探們可以從馬市長那裏接受來自世界各地的委託。正因為這裏有很多著名的偵探，也使得偵探市成為全世界最安全的城市。在五年前，獲中央政府頒受「全球最安全城市」之殊榮。

這一天，偵探市卻傳來了怪盜的挑戰書。

週日，偵探莫雷正在咖啡廳品嚐咖啡和享受美妙的古典音樂。突然間，天空忽然散落密密麻麻的傳單。

沒有人知道是誰寄出的，是如何寄出的，手法居然如此高明，連莫雷也看不透，連他也感到好奇和意外。其中一張黃色的傳單徐徐飄到莫雷的眼前，莫雷敏捷地接過來，托了托自己的眼鏡框，然後凝視紙上的字：

親愛的偵探市市民：

我將在二〇二三年三月一日晚上十時前盜走《曙光下的騎士》。請大家緊記：起點便是終點，終點便是起點。

從不失手的怪盜

火火上

一個自稱怪盜火火的人，聲稱自己將在二〇二三年三月一日劫走城中富豪威廉爵士的名畫——**《曙光下的騎士》**。

二〇二三年三月一日，不就是明天嗎？

這難道是惡作劇？在犯案前居然作出預告，這真是前所未聞的事。火火這個名字，莫雷早已略有所聞。他在這幾年間神出鬼沒，專門偷一些名人的貴重物品，而且每次手法都十分離奇，至今仍沒有人成功捉到火火，這使大家都很煩惱。火火的行徑，顯然是在公然挑戰各偵探和警察。

起點便是終點，終點便是起點。

莫雷覺得這句話十分有趣，卻不知道這是什麼意思，有什麼含義。

就在他思索的時候，一輛黑色的轎車在咖啡廳門前停了下來，一名穿着黑色西裝的管家下了車，用白手巾擦了擦臉上的汗，臉容顯得有些焦慮。他整理了一下自己的儀容，然後走到莫雷的面前恭恭敬敬地問道：「請問是名偵探莫雷嗎？」

莫雷放下咖啡杯，點點頭，說：「請坐，先生。請問有什麼事？」

管家並沒有坐下，依然有禮貌地站着，並向莫雷作自我介紹：「先生，我家主人需要你的幫助！我是威廉爵士的管家。我家主人近日收到一封怪盜火火的恐嚇信，犯人說要來偷走我家主人的珍貴畫作，希望你能夠出手協助。」

莫雷一邊聽一邊點頭，並向管家展示自己手上的傳單，顯然他早已經知道了恐嚇信的事。莫雷不慌不忙地說：「很明顯，這位犯人並不是普通的竊賊。他選擇預告犯罪，表示他對自己的能力相當自信。請問你家中的保安措施如何？」

聽到自家的保安措施，管家的眼神透露出自信，說：「我們已經裝備了最先進的安全系統，還安排了專業的保安團隊。但是，我擔心這樣還不夠。」

莫雷明白他的擔心，畢竟這個自稱怪盜的犯人行徑古怪，肯定下了不少工夫，因此莫雷說：「你的擔憂是有道理的。這樣吧，我會在你家裏進行一次全面的安全檢查，並給你提供一些建議。此外，我們也會在犯罪可能發生的時段進行暗中監視，盡可能阻止火犯案。」

管家打開車門，以邀請的手勢向莫雷示意。莫雷拍了拍衣服的灰塵，有禮貌地向管家行了個禮，然後悠悠地上車，發現車廂裏面十分寬敞。待莫雷安坐後，轎車朝威廉爵士的大宅駛去。

莫雷問管家：「威廉爵士什麼時候收到怪盜火火的恐嚇信？」

管家露出了不安的神情，回答：「這已經是三天前的事了。」

「三天前？」這就奇怪了。如果火火進行偷盜預告的目的是想挑戰偵探市的話，為什麼在三天前要先通知威廉爵士呢？難道他有其他目的嗎？莫雷心中有預感：這位火火的目的並不單純，這件事似乎不是單純的偷盜案。

威廉爵士的大宅座落於偵探市的最北邊，黑色轎車在大宅前停了下來。莫雷下車後才發現還有好幾架車泊在附近，看來這次來了不少「客人」。

管家為莫雷打開大門，映入眼簾的除了是金碧輝煌的大廳外，莫雷更留意到城中不少有名氣的偵探也聚集於此。他們都是威廉爵士邀請過來的。這真是大陣仗啊，能夠同時聘請這麼多名偵探的，城中也只有威廉爵士一個人了。看來這幅名畫對威廉爵士而言價值非凡。

莫雷是最後一個來到的，他進門後，管家把門門徐徐關上。

「碰！」的一聲，隨着門關上了，大廳中間昏黃的吊燈亮了起來。

威廉爵士身穿一襲全新的西裝，表示自己對各位名偵探的重視。他站在二樓的樓梯間，面容十分憔悴。在火火派發預告傳單之前，威廉爵士更早地知道了這個消息。這三天他幾乎都沒有睡過，一直失眠。他左思右想，雖然已經加強了保安，但還是放心不下，所以決定邀請城中的名偵探至此。

「各位。」威廉爵士無力地說：「多謝各位願意為我的事操心。」

說到這裏，威廉爵士彎下腰鞠躬。再次起來之時，他眼中已經泛淚了，繼續說道：「相信大家已經知道怪盜火火的事情。他在這幾年偷過不少名人的物品，但一直沒有辦法捉到他。這次……這次……」

威廉爵士哽咽了幾下，忍住自己悲傷的情緒，繼續說：「這幅畫對我而言非常重要，希望各位能夠助我一臂之力，我絕對不能丟失這幅畫！」說完之後，威廉爵士向管家招招手，然後管家走到他的身邊扶着他離開。

大家紛紛討論着這件事。就在此時，原本關上的大門，又再一次打開了。

「碰——」有誰推開了大門。門外呼呼地響，來了兩個人。他們穿着藍色的西裝，手中提着一個銀色的箱子，兩人的衣着打扮，甚至皮鞋的款式也一模一樣，精神抖擻，好不醒目。

他們的衣領上繡了一個梯型的標誌，莫雷認得那是通天保險公司的標誌，他們是保險公司派來的職員。當威廉爵士收到警告信後，他非常擔心自己的畫作會被偷走，因此採取各種措施來保護自己的財產。威廉爵士馬上請保險公司的職員進行了一次全面的檢查，包括所有的閉路電視和警報系統。

管家看見他們後，也顯得十分尊敬，馬上走到他們的身邊，恭敬地說了幾句話：「**你們比預定時間更早了。**」管家看了看手錶說。

其中一個職員徐徐地回答：「賊人很狡猾的，雖然信上寫着十點，但可能會更早動手。所以我們必須儘快做好準備。」

職員向管家展示一張黃色的卡片，上面印有一列特殊的號碼，管家認得這個號碼，那是名畫的代號。這是通天保險公司的高級服務，只要購買它們的保險計劃，就免費送保安系統。這也是通天保險公司受歡迎的地方。

「是，是。請你們跟我過來吧！」管家領着兩位職員走到威廉爵士的身邊，交代了幾句後，就按威廉爵士的指示去到監控室作準備。

保險公司的人來仔細地檢查一次保安系統，以確保它是有效和可靠。他們首先檢查了閉路電視系統，檢查每個鏡頭的清晰度和視野範圍，以確保它們可以正常運作。他們還檢查了錄像機，確保可以正常記錄所有的鏡頭。在檢查期間，他們發現了一些鏡頭的位置不夠理想，因此他們將一些鏡頭重新安裝在更好的位置上，以確保可以監視到整座大宅。

接下來，他們檢查了所有的警報系統，包括門窗感應器和移動傳感器等。他們還檢查了所有的警報鈴聲，確保它們可以正常發出聲音。

威廉爵士家中的保安系統十分完善，在保安室內已經有十幾名人員隨時候命，管家說是為了火火的事才增添了這些人。這裏有七十六部閉路電視，威廉爵士大宅內的任何角落都拍得到，沒有人可以逃離閉路電視的「法眼」，管家似乎對這套保安系統亦十分信任。那兩名保險公司人員將這些資料一一抄錄下來，以便安排。

接下來，管家帶一行人來到威廉爵士的書房，這裏正是名畫《曙光下的騎士》的藏身之地，設有重重大門：管家先利用指紋系統打開一道鎖，再用專屬的卡牌確認身分。這張卡牌只有管家和威廉爵士二人才有。接下來，他們終於進到藏畫室。這裏的牆上掛着很多不同的名畫，莫雷認得大部分畫作，它們都是年代久遠的畫作，價值連城。反而是《曙光下的騎士》，莫雷倒不認識，他想這可能是某位名不經傳的大畫家的遺作，也沒有多問。

這裏是名畫陳列室，威廉爵士有時會招待朋友，也會帶他們來參觀。可是《曙光下的騎士》並不在這裏，而是在一個更安全的地方，顯然對於威廉爵士而言，《曙光下的騎士》比這些名畫更加重要。

此時，人羣慢慢分開。威廉爵士從後面走出來。他取出暗室的鑰匙。在其中一幅畫的後面，有一個匙孔，他用奇特的鑰匙打開，再熟練地扭左扭右，此時暗室的門打開了，燈同時亮起。

暗室的中央，只放着一幅畫。

《曙光下的騎士》出現在眾人的眼前。大家忍不住驚歎一聲，接下來都在交頭接耳，討論這幅名畫——這宗盜竊案的主角。

莫雷見過不少名畫，看到《曙光下的騎士》後，也不禁屏住了呼吸。《曙光下的騎士》是一幅非常優美的油畫，它讓人感受到一種溫暖和安心的感覺。這幅畫作的主題是一位騎士在曙光下緩步前進，它展現了希望、勇氣和力量，讓人看到了美好的未來和充滿希望的明天。

畫作中的騎士穿着一件白色的鎧甲，手持長劍，他面向前方，輕輕地騎着馬匹，似乎在尋找着什麼。騎士的表情非常自信和堅定，他的眼神充滿了希望和勇氣，這種自信和堅定的氣質讓人感到非常的欣賞和敬佩。

在騎士的身後，是一個正在升起的太陽，太陽的光芒照耀在騎士的身上，營造出一種神聖和祥和的氛圍。這種光芒讓人感到非常的溫暖和安心，似乎所有的困難和挑戰都可以克服。

整幅畫作的色調非常柔和，色彩豐富，主色調為金色和橙色，這些暖色系的色調營造出了一種愜意的氛圍，讓人感到非常舒適和放鬆。這幅畫似乎有股神奇的力量，直穿人心。仔細一看，筆觸並不細膩，技巧也不算是高超，但是畫中卻有一股濃烈的愛意，給人一種安心的感覺。

音樂、畫作、文字，種種藝術，為的不過是呈現一種情感，技巧只是協助呈現的工具。這幅充滿愛的作品，在場沒有一個人敢說它不完整，相較於外面的名畫家作品也一點不遜色，難怪威廉爵士對它情有獨鍾。

「咳咳——」保險人員乾咳幾聲，管家用手勢示意偵探們止步。接着，保險人員在管家的帶領下來到畫前，其他人只能在遠處看着他們的行動。此時，他們把兩個銀箱子放在地上，打開了，裏頭有不少道具。他們一人拿着晶片卡，一個人拿着形狀特別的玻璃，在防彈玻璃上加了些什麼，加強保安系統。

莫雷仔細地觀察眼前這個玻璃展示櫃。展示櫃的門採用了高強度的保安系統，包括密碼鎖和指紋識別系統，只有經過授權的人員才能夠打開箱門。此外，箱門還設有震動感應器和偵測器，當箱門被非正常手段打開時，系統會立即發出警報，通知保安人員進行應急處理；玻璃展示櫃內設有一個特別的畫作保護系統，可以對畫作進行全方位的保護。系統包括氣體感應器、溫度感測器、濕度感測器和光照感測器等，能夠及時監測畫作周圍的環境變化，並自動調節箱內的溫度、濕度和光照，以確保畫作得到最佳的保存環境；這個展示櫃還採用了特殊的鋼化玻璃材料，能夠抗抵撞擊、破壞和炸彈攻擊等，具有非常高的防護性能，犯人用暴力打開展示櫃的可能性更是微乎其微，因此，莫雷很清楚火火肯定會用計謀智取畫作。莫雷馬上將自己代入火火的思維模式，要是自己想偷走這幅畫，可以用什麼方法呢？

不可能。

這是莫雷的最後結論，也是唯一的結論。要從這麼嚴密的的保安系統中取走《曙光下的騎士》，這是絕對不可能做到的。要是火火偷偷潛入，倒是有這個機會，但現在他大張旗鼓，威廉爵士加強了保安，在這種天羅地網之下，是絕不可能成功的。

然而此時的莫雷卻仍未知道：火火要的就是如此勞師動眾的保安。

保險人員完成檢查後，向威廉爵士解釋這幾重工夫，希望他能夠放心。這時候，他們刻意講得大聲一點，希望後面的偵探也聽到，順便做個宣傳。

「因應威廉爵士的要求，我們加了一個更高敏感度的保安設備。在此，我們就可以遠距離控制附近的保安系統，捉住小偷。」他們簡單介紹這套系統的功能操作模式。

2 莫雷的觀察

敢於質疑一切，
那就是偵探的精神。

準備好一切之後，莫雷一行人便離開現場，到威廉爵士準備好的餐廳進膳。進入大宅的餐廳後，大家不謀而合地發出驚歎聲。從門口進入，就能感受到豪華的氛圍。高挑的大廳裏，鑲嵌着昂貴的大理石地板，華麗的水晶吊燈燦爛地照着整個空間，讓人不禁讚歎。

餐廳的裝潢極為精緻，每一個細節都充滿着奢華感。華麗的餐桌上鋪着精美的桌巾和餐具，擺放着精心製作的菜餚，讓人垂涎欲滴。

此外，餐廳的服務也非常周到，服務員穿着整齊的制服，總是保持着微笑，讓人感到賓至如歸的舒適感。

莫雷選了一個近窗的位置坐了下來，他喜歡一邊品嚐美食，一邊欣賞悅目的風景。不久後，一道道菜餚被端上了桌子。莫雷看着面前的菜，不禁眼前一亮。他們的菜餚看起來非常講究，每一個盤子都有着令人驚歎的外觀。

這時候，威廉爵士在管家的陪同之下，來到餐廳跟那些他請來的偵探們一一打過招呼，然後他的腳步停在莫雷身前。

「主人，這位就是『**那位名偵探**』的兒子。」來到莫雷面前，莫雷馬上站立起來，向威廉爵士敬了個禮。威廉爵士端視了好一會兒，然後目光落在莫雷的眼鏡上，輕聲說：「太像了，特別是那副眼鏡。」

莫雷露了微笑，說：「是的，爵士。這副眼鏡是父親留下來的，是**那場火災**中唯一的『倖存者』。」

此時，莫雷注意到**管家的褲管髒了**，不經意地說：「你的褲子髒了，可是鞋子卻乾淨得很。」

管家緊張地看了看自己的褲腳，發現真的髒了：「哦，我真是粗心大意。剛才準備食物的時候弄髒了鞋子，便換了一對新鞋子，卻沒注意到褲子也有污跡。真是很抱歉，我這就去換。」説罷，管家在威廉爵士耳邊説了幾句，得到許可後便離開了。

威廉爵士指着桌子旁邊的窗戶，説：「這幾天都下着微雨，**我家後園的泥土變得濕潤**，管家及傭人出入書房和餐廳難免會髒的。但我常常跟他們説，進入餐廳之前，一定要確保自己的衛生情況良好。」莫雷朝着威廉爵士指着的位置望向窗外，餐廳有一條小徑直達書房的後門，由這裏繞過去，腳程便更短了。

突然，一位年輕的女偵探從座位上跳了起來，臉色慘白，她顫抖着聲稱自己中毒了。這突如其來的情況讓在場的偵探們震驚不已，紛紛放下手中的餐具，趕緊上前查看狀況。然而，莫雷卻依然坐在那裏，面無表情地看着一切。

在場的偵探們忙着替年輕偵探檢查身體，試圖找出毒源。威廉爵士和管家也馬上上前了解，管家馬上叫家裏的護士前來餐廳。

此時，莫雷注意到在騷亂期間，一個黑影在那窗戶旁掠過。莫雷緊緊盯着那個方向，對方似乎也跟莫雷對視了一眼。當莫雷走近窗戶看清楚之時，那個黑影早就煙消魂散了。

在偵探們忙碌的時候，莫雷悄悄地起身，向剛才那扇窗子的方向走去。他心知肚明，這正是火火趁機潛入大宅的時刻。於是，莫雷馬上追了上去，他在剛才看到黑影的位置附近徘徊，果然發現了一個閃爍的小東西。

莫雷蹲了下去仔細看，在泥土上**有一顆電池**。這使得莫雷皺起了眉，他懷疑這是犯人的犯案工具，難道他是開啟什麼機關嗎？

很快地，騷亂過去了。莫雷留意到自己的鞋子沾上了泥土，整理好後，他也回到餐廳。那位年輕偵探表示自己沒事，並不是中毒，只是剛好吞咽時有痛楚。聽到她的話，大家都鬆一口氣。威廉爵士同樣回到莫雷的身邊，不解地問他：「莫雷先生，這位偵探剛才的情況看來很糟糕，你看來很冷靜？」

莫雷笑了笑，回答說：「她並沒有中毒，這是火火的詭計。」

威廉爵士驚訝地問：「你怎麼知道的？」

莫雷一一解釋自己的觀察：「首先，她摔倒時手腕的位置不自然，顯示她是故意讓自己摔倒的。其次，她的瞳孔並未放大，這與中毒的症狀相悖。最後，她在痛苦中表現得過於誇張，顯然是想引起眾人的注意。」

「你的意思是，那位偵探也是火火的共犯嗎？我們應該把她捉住嗎？」

「她可能只是受到某種委託，不知道那是火火的詭計。你派人問她的話，然後請她離開便可以了。」莫雷解釋道，他認為這位偵探可能也只是被火火利用罷了。

隨即，莫雷將自己在泥土中發現電池的事跟威廉爵士說了，威廉爵士也感到十分驚訝，因為那個地方不可能出現電池，這可能是火火留下來的一個線索，他們必須想通這顆電池牽涉了什麼機關。

威廉爵士並沒有再說下去，他看了看其他偵探一眼，很快地目光又落到莫雷身上。他的眉頭深鎖，嘴角緊抿，顯然在思考接下來應該怎麼做。然而，他的驚訝和震驚並沒有持續太久。作為一位成功的企業家，他經常面對各種挑戰和困難，並且總是能夠冷靜地應對。威廉爵士過了好一會兒，終於緩緩地開口說道：「莫雷先生果然是偵探市首屈一指的偵探，如同傳聞中一樣別具一格。」

莫雷聽到威廉爵士的誇獎後，馬上謙虛地說：「威廉爵士你過譽了，敢於質疑一切，那就是偵探的精神，我只不過是避免任何突發的情況。」

威廉爵士早就聽說過莫雷的名氣，他是一個非常有頭腦的偵探，常常利用自己的聰明才智和洞察力解決各種複雜的案件。莫雷曾解決了許多看似無解的案件，包括謀殺案、詐騙案、竊盜案等等。他總是能夠運用自己豐富的經驗和專業知識，找到案件的破綻和線索，最終成功破案，受到了社會各界的高度讚譽和尊重。因此，這一次他特地請管家親自出馬邀請莫雷過來。這次案件有莫雷在場，威廉爵士可以說是放了一半心。

在莫雷的提醒下，威廉爵士知道火火可能在剛剛的騷動中已經潛入大宅內。因此威廉爵士派人加強巡視，看看有沒有可疑的人物。同時，他又根據莫雷的形容，重看了幾遍小徑那邊的閉路電視。但是**火火就像是知道閉路電視的方向**一般，巧妙地避過所有鏡頭。

威廉爵士則馬上檢查自己珍視的名畫，它仍安好地存放在展示櫃中，所有燈光都集中在畫作上。看見畫作，威廉爵士才長長吐出了一口氣。

3 消失的名畫

而現在，

他還不知道在什麼地方嘲笑

整個偵探市的愚笨和無能。

夜幕籠罩下的大宅顯得陰森詭異，彷彿隨時都會有不可預知的事情發生。在這肅殺的氣氛中，每個人的心臟都在緊繃着，彷彿隨時都會因為高度緊張而爆裂。大宅內的氣氛變得愈來愈沉重，壓抑得似乎讓空氣都凝固起來。

怪盜火火預告將在晚上十時偷走珍貴的畫作，因此眾人提前一個小時便已準備好捕捉這名神秘盜賊。大宅內的每個角落都充滿了戒備。

保安們戒備森嚴，表情嚴肅，目光堅定地盯着周圍。他們雙眼炯炯有神，等待犯人的蹤影。這樣的氛圍讓在場的所有人感到窒息。他們試圖保持鎮定，但手心的冷汗卻出賣了他們內心的恐慌。

三月一日，晚上十時。

無風的夜晚，窗簾突然微微晃動，好像有什麼蠢蠢欲動的東西潛伏在暗處。每個人都感覺到了這股莫名的恐懼，卻又說不出口。大廳內的燈光忽明忽暗。光影在角落交錯，似乎隨時會出現怪盜火火的身影。每一個寂靜的角落、每一個不起眼的縫隙，都可能是火火潛伏的地方。

叮……叮……

大廳內古老的大鐘響起了，所有人都屏着呼吸——來到怪盜火火所說的時間了，然而什麼事也沒有發生。原本緊張的氣氛一下子變得更加詭異，讓人感到一陣莫名的恐懼。眾人相顧無言，心中疑惑不已。難道犯人已經溜走了？還是他根本就沒有出現？

這種緊張氣氛迅速演變成了驚慌。保安們開始慌忙地檢查周圍的每個角落，生怕漏掉了什麼線索。威廉爵士的臉色變得愈來愈蒼白，因為他意識到這場「遊戲」已經超出了自己的掌控。威廉爵士緊盯着閉路電視目不轉睛，絕不讓火火有任何動手的機會。

碰！碰！碰！碰！碰！碰！碰！碰！

突然間，大宅的燈全關了，伸手不見五指。大廳一片寧靜。在場的都是受過訓練的專業偵探，當然不會因為這點小事而感到驚訝。不到一分鐘，所有燈再次亮起。威廉爵士早就預料到這種情況，所以準備好了後備電源。

火火想趁黑偷東西，根本不可能。接下來只要看看在場誰的行徑有異樣，就可以推理出誰是兇手。

然而，在場沒有一個人動。

「啊——」二樓傳來了威廉爵士的喊聲。威廉爵士望着閉路電視，沒有任何人動，所有閉路電視，甚至保安系統一切如常，然而展示櫃上的名畫卻消失不見了。

威廉爵士不敢相信這個事實。短短一分鐘的時間，就算是運用超能力，也不可能打開展示櫃把畫偷走。

到底發生了什麼事？在場的人，包括莫雷心中都是想着同一個問題。火火就在他們眼前犯案，大家卻一點蛛絲馬跡都看不出來。

這是魔法嗎？怎麼可能在短短的一分鐘內偷走寶物呢？

威廉爵士失望地看着空蕩蕩的玻璃展示櫃，畫作已經不見了，而犯人更是神奇地逃走了。不，說他「逃走」了並不正確，因為他從頭到尾，壓根就沒有出現過。

威廉爵士走進去一看，發現地上有一張紙條。他打開來看，上面寫着：

聰明的偵探們：

你們以為這些老舊的防盜系統能夠阻止我？真的太可笑了，你們不是最安全的城市嗎？怎麼如此不堪一擊呢？

這次的遊戲一點兒也不好玩，希望你們下次能為我帶來更多歡樂，再見了！

跑得很快的怪盜

火火上

眾人看着這張字條，心中感到一股無奈和挫敗。他們知道這位犯人是一位聰明絕頂的人，他能夠輕易地繞過防盜系統，偷走畫作。而現在，他還不知道在什麼地方嘲笑整個偵探市的愚笨和無能。

威廉爵士馬上叫管家通知警方，要求展開搜索行動。另外，管家馬上下令封鎖整座大宅，連鐵門也鎖上了，不讓任何人離開這裏，甚至是剛請來的偵探們，以防止犯罪嫌疑人逃脱或毀滅證據。他更派遣保安人員在大宅周圍巡邏，以尋找任何蛛絲馬跡。雖然威廉爵士知道這樣做很不禮貌，但他已經沒有其他辦法了，這證明威廉爵士真的被逼急了，他只好真誠地向偵探們道歉。

緊張的氣氛在大宅內彌漫，人人都心驚膽顫，生怕錯過任何線索。威廉爵士馬上聯繫保險公司。不到一個小時，中午來過的那兩位保險公司的職員又回到大廳，並展開了調查。他們將關燈前的影片，重播了十幾遍，卻沒有發現任何線索。他們幾乎可以肯定，沒有任何人經過重重的大門。就算有，他現在應該還在門內，沒可能離開的。

所以，威廉爵士召集了大批臨時聘請的保安人員，圍堵在展示室內唯一的門，然後他跟管家進去檢查。他們仔細地尋找了半個小時，卻甚麼也沒有發現。

莫雷跟其他偵探再次飛快地來到書房的暗室，只是此時的燈光比較暗。因為電源仍未修復好，**後備電源只足夠供應必要的電器和燈**。保險公司的職員進去檢查展覽櫃的運作，他們再一次打開銀色的箱子，用工具檢查玻璃箱的保安系統，確認一點問題也沒有，甚至沒有被開啟過的痕跡。換言之，**火火是在沒有打開展覽櫃的情況下偷走了**

名畫。

這……這怎麼可能？

難道他會超能力？威廉爵士心想：難道這個世界真的有超能力？

不，莫雷心中很清楚，這並不可能。火火沒有超能力，他只是用了一種我們完全想不到的方法偷走了畫。只要看破他的手段，就一點也不神奇了。

「是這樣的……我們的保安系統是沒有問題的。」保險公司的人在捍衛自家的品牌，說道：「顯然，這個展示櫃並沒有受損，也沒有被破解，對方是用了其他手段偷走了畫。這件事我們會記下來，報告給公司。告辭了。」說完這些話後，他們收拾了些東西，便馬上離開了。

威廉爵士和在場的偵探們都不能反駁，因為事實真的是這樣。但是莫雷卻覺得有點古怪，特別是這兩位保險公司職員的態度。他走到展示櫃的附近觀察，這是他第一次近距離看到展示櫃。與其他展覽櫃有些不一樣，就是燈光的設計比較聚焦。

「威廉爵士，這櫃子的設計原來就是這樣的嗎？」

「哦……是……是的，因為展示的畫是《曙光下的騎士》，所以**燈光的設計與其他展示櫃不一樣**，燈光集中在騎士身上，突出『曙光』。」因此，展示櫃的其他地方相對較暗。莫雷一邊繞着展示櫃走，心中的疑惑就愈來愈大了。除了是這燈光的設計特別外，他發現玻璃也特別厚。雖然威廉爵士說這是特殊的合成玻璃，莫雷還是覺得**有一種說不出的違和感**。

咦！？這是……莫雷在展示櫃附近的紅色地毯上發現異樣。他走近一看，用手指輕輕一抹，摸了摸質感。這是……**泥土**？

莫雷瞪大眼睛，再次確認了地毯上的泥土。眼前這個沾有泥土的腳印，代表兇手曾經踏過泥土，並靠近過展示櫃。那麼，兇手是如何在眾目睽睽之下接近展示櫃的呢？

不，莫雷不斷提醒自己這件案件中是否有什麼盲點？火火真的是在眾人看不到的地方躲起來嗎？還是說……他根本就是**我們當中的其中一人**？

想到這裏，莫雷重新回憶自己來到大宅後的過程。他們當中接近過的展示櫃的只有五個人：

威廉爵士；

管家；

兩位保安人員；

以及自己。

可是現階段一切都是推測，莫雷根本拿不出任何證據來。莫雷悄悄把腳印拍下來，打算慢慢研究一番。

雨中，威廉爵士的大宅引起一場小風波，這場風波卻仍未落幕。

應該說，這只是一切的開始，是莫雷和火火的「初戰」。

4 是我自己開門的

他想到了，

他知道了，

火火的「犯案」手法——

令畫作消失的方法。

偵探市，七十三區，凱爾大廈，莫雷偵探社。

雨愈下愈大，窗外傳來的雨聲使莫雷感到更不耐煩。又是這樣的一個雨天，他仍未想出火火的犯案手法。在偵探市眾多優秀的偵探眼前犯案，卻沒有一個人想得出他的手法，這是有史以來第一次。這件事要是被報導出去，素有「百分百破案率」威名的偵探市恐怕是保不住了。

莫雷必須儘快想出他的手法，任何小小的線索也不能放過。首先是犯案的地方。名畫被藏在陳列室內，那裏被重重鎖起，根本沒有任何人可以進去。退一步說，要是火火真的成功進去了，也不可能在一分鐘之內離開。因此，**第一個難點就在於時間**；

第二個問題是保安系統。名畫設有最嚴密的三重保險，必須要同時用威廉爵士手中的鎖匙和保險公司智能卡片進行認證方能解鎖。只要缺乏其中一樣都不能打開。

還有那顆電池，到底是用來幹什麼的？想不透這一切的莫雷，決定上街散步。黃昏回來的時候，發現房東伊莉莎白就在外面，緊皺着眉，一副着急的樣子。房東伊莉莎白看到莫雷回來後，馬上拉着他。莫雷以為房東伊莉莎白是要追租，打算溜之大吉。

「莫雷……莫雷先生……等等……唉！」莫雷跑出一步……兩步……三步……就累得停下來喘氣。莫雷的體能，也僅僅只能跑三步。他突然想到，莫雷……先生？房東伊莉莎白從來不會這樣稱呼他。突然變得如此有禮貌，看來房東伊莉莎白真的是有求於他。於是莫雷停下腳步。

房東伊莉莎白一手捉住莫雷的手，深呼吸了幾下，才有氣無力地說：「我……我被偷東西了。」

「什麼？」莫雷心想，房東伊莉莎白平日是個鐵公雞，十分小心保護自己的財產，怎麼可能被偷東西呢？

「你的大門不都好好鎖起了嗎？那樑上君子是怎樣進你屋的？」莫雷好奇地問。

「不，不……」房東伊莉莎白搖搖頭，深深不忿地說：「不是他偷進去的，是我開門給他的。」

「你開門的？怎麼說？」這可奇怪了。

「就在剛才四點，有人打電話到我的公司來，說我的家失火了。我聽到這個消息後，馬上駕車回來。」房東伊莉莎白愈說愈激動，開始臉紅耳赤，接着說：「回來一看，天啊！當真失火了，屋內傳來濃密的大煙。我一時着急，想起屋內還有很多珍貴的財產，於是不顧一切打開門衝進去搶救我的寶貝。怎料，賊人原來一直尾隨在我身後，趁我開門的時候把我打暈了，然後進去掠奪一切！」

說着說着，房東伊莉莎白居然大哭起來，拉着莫雷的手說：「你……你一定要幫我捉到他們。」

「這個……很難的……」莫雷顯得有些為難。

「要是你捉到他們，就免你一年租金。」

「一……年？咳！咳！」莫雷乾咳幾聲，以免房東伊莉莎白看到自己的興奮的表情，然後說：「好吧，我幫你查查看吧。」

房東伊莉莎白急步領着莫雷來到她的家。打開門進去，莫雷看見裏頭一片狼藉，賊人已經偷走了不少東西了。莫雷一邊檢查一邊問：

「你將整件事的來龍去脈從頭說一遍。」

事情是這樣的。有人打電話給房東伊莉莎白說她的家失火了，於是慌張的房東伊莉莎白不顧一切回到家。這個時候，房東伊莉莎白看到屋內傳來大量濃煙。她想起自己家中還有很多重要的東西，於是打算開門救火。進門後，她看到所謂的「濃煙」，後來才發現只不過是個噴煙的小工具。是犯人在她回來之前放在她的家中的。這樣回想起來，她才知道，那個打電話來通知她的人就是兇手，打完電話給房東伊莉莎白之後，就一直躲在暗處，等待出手的時機。

實在太可惡了！！

莫雷掩着自己的鼻子，在沙發下發現有一處黑黃的焦。像是某個小儀器發熱而造成的。那個儀器的體積不小，不可能從門縫放進來。房東伊莉莎白出門前已經將所有窗戶檢查過一次，確保有關好，所以只有一個可能——這個儀器在房東伊莉莎白出門之前，便已經放在她的家中的。

「在出門之前，你正在做些什麼。」

「什麼嗎……？」房東伊莉莎白慢慢回憶：「並沒有什麼。啊，我想起來了！我正在招待一位朋友。」

「什麼朋友？」

「他是寶石商。周遊列國，會從不同地方帶來奇特的寶石。早上回公司前，他便來過我家，我從他手上買了幾顆藍寶石。」

嗯——莫雷搓了搓手，大概知道發生了什麼事。鈴鈴……電話響起，莫雷接了起來。電話的另一頭傳來一把陰森的聲音，房東伊莉莎白聽不清楚他說話的內容，只見莫雷不停點頭，然後嘴巴露出了微笑。

掛線後，莫雷忽然問了房東伊莉莎白一條問題：「請問你的朋友，是否住在哈林區的黑玫瑰酒店？」

「是……是啊，你怎知道的，你認識他？」莫雷胸有成竹地向房東伊莉莎白說：「我的朋友已經查到了，打到你公司的那通電話，就是從黑玫瑰酒店撥出的。你說他來過你的家，我猜他趁你沒有注意的時候，偷偷將冒煙的儀器放在沙發下，然後趁你回到公司後，**遙距控制冒煙**。等你慌張入屋時將你打暈，然後大肆搜掠。」

換言之，就在所有案件發生之前，犯人已經在房東伊莉莎白的家中做了手腳，故此犯人才能神不知鬼不覺地犯案，像魔法一般變出了煙，讓房東伊莉莎白自己打開家門。

在一切發生之前……

莫雷突然想到了什麼東西，他馬上寫了張便條，塞到房東伊莉莎白手中，説：「這是寶石商的住處，我已經報了警。你快前往現場吧！我突然想起有些事情要做，先行一步了。」説罷，莫雷便拖着自己笨重的腳步慢跑起來。

這一跑，倒比走路還要慢。莫雷的運動能力跟自己的推理能力都是偵探市有名的，只是他的運動能力是出了名的差。

他想到了，他知道了，火火的「犯案」手法——令畫作消失的方法。

一切詭計，都是在案件發生之前……

5 在案件發生之前

莫雷雙目炯炯有神，似乎胸有成竹，點點頭說：「是的，我已經決定接受他的挑戰。」

威廉爵士家，所有人都到齊了。聚集在現場的人們面面相覷，不知所措。偵探莫雷緊蹙着眉頭，他知道在場的每個人都可能是嫌疑犯，包括管家、爵士、保安人員和其他偵探們。

「叫我們來這裏幹什麼？」

「聽說是找到犯案手法了？」

「不可能吧，在我們面前犯案，這根本是不可能的事。」

「大家稍安勿躁，讓我來查看一下現場。」莫雷神情嚴肅地說道。

「這次的事件，看似複雜，其實簡單得難以置信。」莫雷一邊說一邊走到人羣的中間，然後慢慢解釋：「說穿了，就是『我們』自己把名畫送給了怪盜火火。」

「什麼？你在說什麼？我們自己送的，怎麼可能……」有幾個比較聰明的偵探聽到這句話後已經明白是什麼一回事了。

「什麼？難道……」

莫雷微微一笑，點了點頭，接着解釋：「現在請大家看看這個魔術。」莫雷在眾人面前展示了一個透明的四方箱子，然後蓋上紅色的毛巾，再把他手中的玻璃杯放進去。莫雷打了一下手指，拉開紅布，玻璃杯居然在眾人面前消失不見了。

台下的人都嘩然。

「各位，你們知道鏡子為什麼能反射光線嗎？這是因為鏡子表面的光滑材質使得光線在表面反射，形成了我們所看到的影像。不僅如此，鏡子反射的光線還遵循一個很重要的物理原理，那就是**反射定律**。當光線射在鏡子上，入射角等於反射角。這樣看起來，裏面的東西就像是消失了一般。而事實上……」

莫雷說：「**杯子一直都在。**」

「一直……都在？」把戲如此簡單，卻完全沒有人想到過。因為大家都陷入思維死角：沒有人能夠在這麼嚴密的保安措施之下動手腳。這時候，莫雷再一次向大家解釋這種「神奇魔術」背後的真相——只是一個簡單的科學原理。

「這只是個魔術常用的小把戲。」莫雷在眾人面前將鏡子取了出來之後，玻璃杯出現在眾人的現前。

火火利用了雙面鏡光學原理，通過將物體放在雙面鏡的一側，並且讓另一側的鏡面面對鏡面的反射面，物體在反射面上就會看不見，從而產生一種物體消失的效果。

具體來說，當物體放在雙面鏡的一側時，它會在反射面的另一側形成一個影像。當人們從反射面的這一側觀察時，他們只會看到這個影像，而不會看到實際的物體。如果反射面的另一側被設置得足夠穩固，那麼這種效果就會非常逼真，讓人感覺物體真的消失了。

「但是，這個方法也不是那麼簡單做到的。」在眾人議論紛紛之時，其中一個瘦削的偵探提出：「要是我們馬上檢查展示櫃，他不就會失敗了嗎？」

莫雷拍了幾下手掌，點點頭，表示認同，隨即又反問：「可是當晚，我們有這樣做嗎？」說罷，莫雷轉身望着威廉爵士。

不，當晚並沒有任何人想到要這樣做。因為大家都很清楚，這個展示櫃的保安系統並不簡單，單憑威廉爵士是不可能打開的。所以，他們必須與保險人員一同打開。而這一點，在當日下午眾人已經見識過了。正確來說，是犯人刻意讓眾人見到這一幕，在大家心中留下這個印象，使大家不會想馬上檢查展示櫃。

「你是說，畫作就在展示櫃，直到打開的一刻，仍在展示櫃中嗎？」

這一次莫雷並沒有回應，所有人陷入沉思中。他們的腦海中都想到一個可能性：只有當時最接近展示櫃的人，才有機會下手偷走畫作。當時只有……威廉爵士和保險公司的職員。

眾人此刻突然明白了。是的，有這麼一個人，他可以肆無忌憚地在威廉爵士的認可之下進行偷天換日的手法。他就是……

保險公司的職員。

大家不約而同地望向來到現場的保險公司職員，他卻一臉無辜地解釋着：「不，不是我……我什麼也沒有做過，我只是一個盡責的職員。」

「當然，犯人並不是你。」莫雷嚴肅的表情中終於露出了笑容，他早就知道，犯人是不會出席今天的會議的。

「犯人是另一個職員。」莫雷解釋道：「他早就逃走了。」

「你怎麼知道不是眼前這一個？」這時候，管家忍不住開口問。

「管家，請問你褲管的污泥是哪裏來的呢？」此時，莫雷沒有回應管家的提問，反問道。這一問，眾人的目光都落在管家的腳上。

管家以為莫雷是在責怪自己，連忙解釋：「這……這這……因為你說有急事，所以我剛才趕着來到書房……」

莫雷冷靜地聽着管家的解釋，又安慰他：「我知道你是一個盡責的管家，我只是想問你，你去過什麼地方？」大家聽得一頭霧水，不知道莫雷言下之意。

管家這才放下心頭大石，慢慢地說：「我剛剛在餐廳安排午餐的事宜，聽到先生你要揭曉名畫被盜之謎，所以抄了一條近徑，從書房的後方走過來……」

這時候，莫雷帶領着大家來到書房的一側，指着窗外的泥路，解釋說：「這幾天都下着微雨，因此書房的泥路變得濕潤，從這條路走過，鞋子就會沾上污泥，就像管家一樣。」

「是的，先生。」管家仍然未明白莫雷說話的用意：「但……這跟我們的案件有什麼關係呢？」

「關係可大了。」莫雷一步步揭開這個「不可能的手法」的真正面紗。在威廉爵士的帶領之下，莫雷一眾再一次來到那個在重重保護之下的展示櫃面前。跟昨天的情景幾乎一樣，只是今天來到，玻璃展示櫃已經空空如也。看到這個場景，威廉爵士又再一次傷心起來，說：「先生……你倒是快說，那可惡的犯人到底用了什麼手段的呢？」

莫雷清了清喉嚨，為了眾人能明白這個複雜的手段，他決定從頭再開始說起：「這個嘛……**從一開始，怪盜火火就騙了我們。**」

「從一開始？你指的是什麼時候？」威廉爵士露出了不可思議的表情。

「他的詭計，就要從那封犯罪預告信開始。」

「你的意思是……火火他特意預告會偷走畫作，是刻意這樣做的嗎？」其中一個偵探頓時明白了莫雷的意思，對上莫雷的視線。

莫雷點了點頭，說：「剛開始的時候，我也不太懂為什麼火火要這樣做，跟大家一樣，我以為這只是火火對自己很有自信，所以想向我們偵探市的精英們發出挑戰。然而，在偵查的過程中，我才明白到火火如此做的必要性。」

「你是說，火火這樣做是為了讓我們中計嗎？」

「對！」莫雷露出了肯定的眼神，接着說：「目的就是**為了讓威廉爵士加強保安系統**。」

此時，眾人已經發出了難以置信的驚歎聲。沒等其他人發問，莫雷便繼續說下去：「只有威廉爵士請保險公司來檢查保安系統，火火才可以混進來。」

「怎麼可能？那保險公司的人都是經過認證的，一個陌生人不可能用這種方法混進去。」這時候，管家忍不住開口解釋。

「是的。你說得沒錯。」此時，眾人都屏息等待莫雷的的解釋，他終於開口：「他確確實實就是保險公司的職員，在半年前已經入職。」

什麼？半……半年前？

「你是說，火火半年前已經在密謀這次的盜竊案？」

莫雷點點頭，說：「正確來說，是早在一年多前已經開始籌備了。我翻查過市政府的資料，火火在一年前已經混入了偵探市，前後做過市政廳、郵局和建築行業等工作，在最近半年加入了保險公司，恐怕就是為了偷走威廉爵士的畫。」

書房內一片死寂，似乎能聽得見每個人的呼吸聲。他們太小看這個對手了，沒想到，火火居然做了那麼多準備。

等到眾人的情緒慢慢穩定下來，莫雷才接着説出火火的手段：「就是這樣，火火就在我們的眼皮底下做了手腳，然而我們卻沒有一個人看得出來。」

莫雷解釋，火火聲稱自己是調整保安系統，實際上是在展示櫃中做了手腳，套上一塊雙面鏡，然後在展示櫃安裝了一個控制光線的裝置。等到當天晚上，火火關掉了大宅的燈，目的就是為了製造混亂，讓保安和偵探自亂陣腳，他再偷偷繞到書房的後方，遙距控制光線的裝置，將燈光聚焦在一個合適的角度，從遠處看，畫作就像在一瞬間消失了似的。

此時，莫雷從自己口袋中取出一顆電池，説：「這顆電池大概就是火火在慌忙中留下來的。當時，他利用年輕偵探中毒的騷動偷偷潛入大宅中，目的就是為了躲到建築物的附近，以方便自己遙距控制光線。可是那時候，我卻在窗邊看見他的身影，並追了上去。這一意外使得火火不得不匆忙離開現場，他也不知道自己留下這一個線索。

莫雷歎了口氣，說：「火火提早通知我們會在十時犯案，就是為了讓我們精神疲累。而且他還切斷電源，雖然我們有後備電源，但僅僅只夠維持保安系統。**展示櫃發出高強度的光線，而四周環境又昏昏暗暗**，在一旁的我們，更加難發現當中的可疑之處。」說到這裏，莫雷又繼續說：「我早就注意到展示櫃附近的污跡，那恐怕就是保險人員留下來的。遙距控制光線的機關必須在一定距離下才能運作，所以火火逼於無奈，繞到書房後方的泥地，因而弄髒了自己的鞋底。

但當晚燈光不足，所以火火在離開的時候，也沒有察覺自己留下了腳印。」

這時候，莫雷從口袋中取出一張黃色的紙，上面有一個清晰的黑印。莫雷解釋道：「這是在案發當晚展示櫃附近發現的泥土，經過分析後，可以看得出這是一隻鞋的後根腳印，上面的圖案很特別。」接着，莫雷請保險公司的職員脫下自己的鞋比對，赫然發現是一模一樣的！

通天保險公司對員工的服飾有很高的要求，他們的制服甚至皮鞋都是統一派發的，而且還有獨特的設計。而鞋底的紋狀設計，跟案發現場留下來的一模一樣。

「但是，大家應該都看得出來。明顯地，這個鞋印比這位職員的小得多。」莫雷將兩者拼在一起，果然紙上的鞋印是比較小，而且還意外地明顯。莫雷接着說：「因此，這隻鞋的主人不可能是這位先生的。而且，我大膽推測……火火應該是一位女生。」

這句話一出，在場眾人都震驚了。但聽到莫雷的話後，他們一一回憶起兩名職員前來大宅的情形，確實另一位職員是比較矮小的。因為他一頭短髮，而且一直低着頭，所以眾人壓根兒沒有聯想到她是女生。

「發現畫作不見後，那名矮小的職員又回來檢查展示櫃。」其中一名偵探說。

其他人也和應道：「對，肯定就是在那個時候，在昏暗之中，將畫作藏在銀箱子中。」

「這樣回想起來，那銀箱子的大小剛好……」此時真相已經呼之欲出。大家一方面感歎火火手法之聰明，另一方面又佩服莫雷能破解這宗案件。然而可惜的是，火火最終還是逃走了。

那個在場的保險人員與威廉爵士一起做了身分認證，打開展示櫃，莫雷從櫃中果然抽出一塊雙面鏡，證實了自己的推理是正確的。

隨着雙面鏡被抽走，一張黃色的卡片飄落在地。莫雷拿起卡片，發現那是一張來自怪盜的挑戰信，上面寫着：

親愛的偵探們：

恭喜你們！沒想到你們當中真的有人能看穿我的手法，這真使我意外，你們比我想像中聰明和機智。畫作現在被我存放在一個神秘而安全的地方，要是你們想取回畫作的話，便運用你們的智慧把這個地方找出來吧！

祝你們好運。再見！

善良的怪盜

火火上

卡片上除了文字外，還有一堆神秘的圖案。莫雷凝視着這些圖案，覺得很像是一個謎語。

威廉爵士無力地靠在牆邊，身邊的管家連忙扶起他。他口中念念有詞：「怎……怎麼辦？這……屋內明明還有其他更值錢的藝術品，為什麼他偏偏要偷走這一幅？」

說着說着，威廉爵士居然哭起來了。莫雷以前沒有聽過這幅畫作，只是經過了這些事後，他知道了《曙光下的騎士》的重要性。但是他想不到這幅畫在威廉爵士的心目中居然如此重要。威廉爵士是個有錢人，丟了一幅畫固然心痛，卻不見得會這樣嚎啕大哭。

莫雷上前安慰威廉爵士：「威廉爵士，你放心吧，只要畫作仍在火火的手中，我們便有辦法取回來。」

「什……什麼？」聽到這個消息，威廉爵士激動地捉住莫雷的雙手，說：「你是說，你有辦法？」

莫雷雙目炯炯有神，似乎胸有成竹，點點頭說：「是的，我已經決定接受他的挑戰。」

「那……請你一定要把畫取回來。沒有這幅畫，我會活不下去。」

「我……我知道那名職員的住處，趁他還未離開，我們趕快去抓住他吧！」這個時候，現場的保險職員突然開口說。原來就在剛才，他向公司匯報了此事，並獲得了火火的資料，當中就提及過他的居住地點。

「什麼！？他住在哪裏？我們現在便出發。」威廉爵士激動地問。

「他這一年來都是住在同一個地方，從他搬進偵探市開始，就住在哈林區的酒店，沒有更換過住址。」那名職員一邊聽着電話筒另一邊的訊息，一邊向現場的人複述。

「酒店？是哪一間酒店？」此時的管家已經打點了幾個下人去準備

人手和車輛，知道確實位置後便可以馬上出發。

那名職員眉頭深鎖，口中緩緩地吐出了五個字：「黑玫瑰酒店。」

黑玫瑰酒店！？這……這不是那騙了房東伊莉莎白的那個人的居住地嗎？

這真的是巧合嗎？還是有人刻意安排？

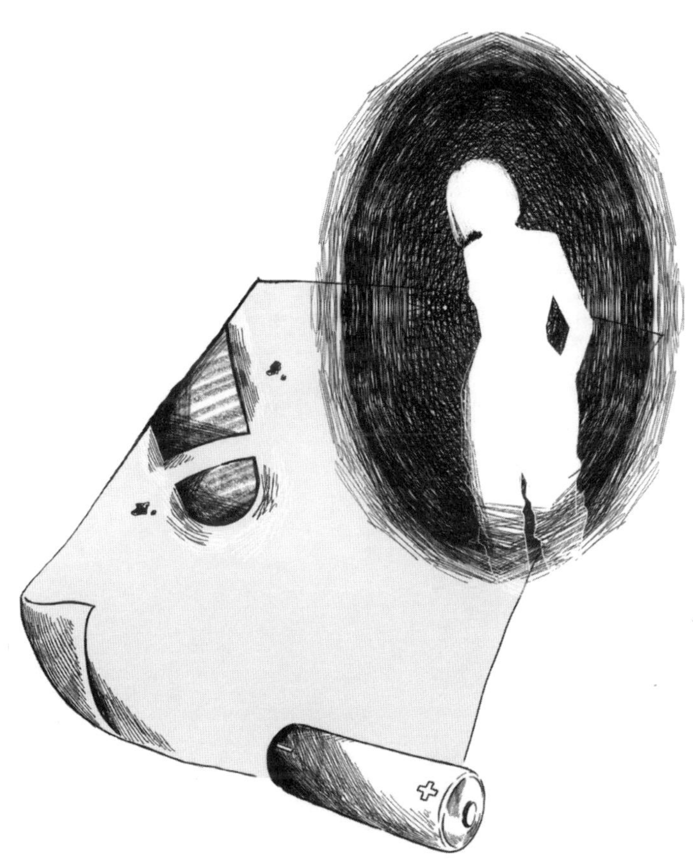

6 神秘的莊園

莫雷知道自己已經走到了
接近真相的地方，
然而這個地方，
卻只是個開始。

天微微亮，露珠泛起魚肚白的光澤，映照在薄暮冥冥中。火火成功離開了偵探市，這樣一來，就不會有人捉到火火了。

火火輕盈地躍躍而行，低聲吟唱着一支歌曲。做了一件好事，火火的心情格外愉悅。火火瞥了一眼手錶，按火火的估算，時間也差不多了，「那個人」應該差不到抵達偵探市了。

果然，薄霧中，一個優雅的身影逐漸顯現，她正匆匆趕路。忽然，火火出現在她的面前。

「夫人，你好。」火火向那位女士敬禮。

女士一剎那間吃驚，因為火火戴着一個面具，她無法看清火火的容貌。然而，她很快回過神來，也回了個禮。從她的舉止來看，她似乎是某個貴族的夫人。

「請問我認識你嗎？」

「不——」火火搖了搖頭，「但你一定認識這幅畫。」說罷，火火將銀箱子打開，裏面竟然藏着一幅畫：《曙光下的騎士》。

「什麼，為什麼……」女士自然認得這幅畫，讓她驚訝的是，為何畫作會出現在這位神秘面具人的手中。

難道這個人就是盜賊？竟然會偷走這幅**毫不值錢的畫**，背後又隱藏着什麼秘密？

「夫人，我知道你心中困惑重重。請你好好保管這幅畫，前往這個地址等待一位偵探的到來，他將為你揭示所有真相。」火火將一張寫有地址的紙條遞給那位夫人。夫人瀏覽了一下地址，抬頭想再詢問些什麼，但火火卻已消失在晨霧之中。

—·◇·—·◇·—

偵探莫雷正坐在偵探社的辦公桌前，手托着下巴，眉頭微微皺起。桌上堆滿了各種案件文件和報告，但他的目光卻停留在一本厚厚的書上。

書的封面上印着《犯罪心理學》，偵探莫雷的手指輕輕地翻動着書頁，他的眼神逐漸變得專注。他在思考着如何透過心理學的知識來解決目前正在調查的案件，並且試圖想出一些新的思路和線索。

有些人很善於隱藏自己的真實意圖，但是偵探必須努力看穿他們。

偵探社內的燈光柔和而恬靜，只有偵探莫雷偶爾翻動文件的聲音和他的輕微呼吸聲。這個安靜而悠閒的氛圍，讓他可以更加專注地思考和分析案件，並且讓他的頭腦更加清晰和敏銳。

一個不小心，桌上的咖啡被莫雷碰倒了，咖啡傾瀉在莫雷的桌上，那張怪盜火火的卡片也弄濕了。

「糟了！」莫雷馬上取走卡片，用毛巾抹乾。就在此刻，神奇的事情發生了：卡片上原本暗淡的圖案，此刻居然着色了。莫雷凝視着圖案的變化，心中暗暗稱奇。

圖案看似繁複，但莫雷卻發現了規律。莫雷拿起黃色卡片，仔細觀察上面的圖案。經過一番仔細研究，莫雷認得這些圖案是一種古老的密碼，這個圖案由三部分組成：圓形、線段和數字。

圖案中有十四個圓形，排列成一個特定的形狀：

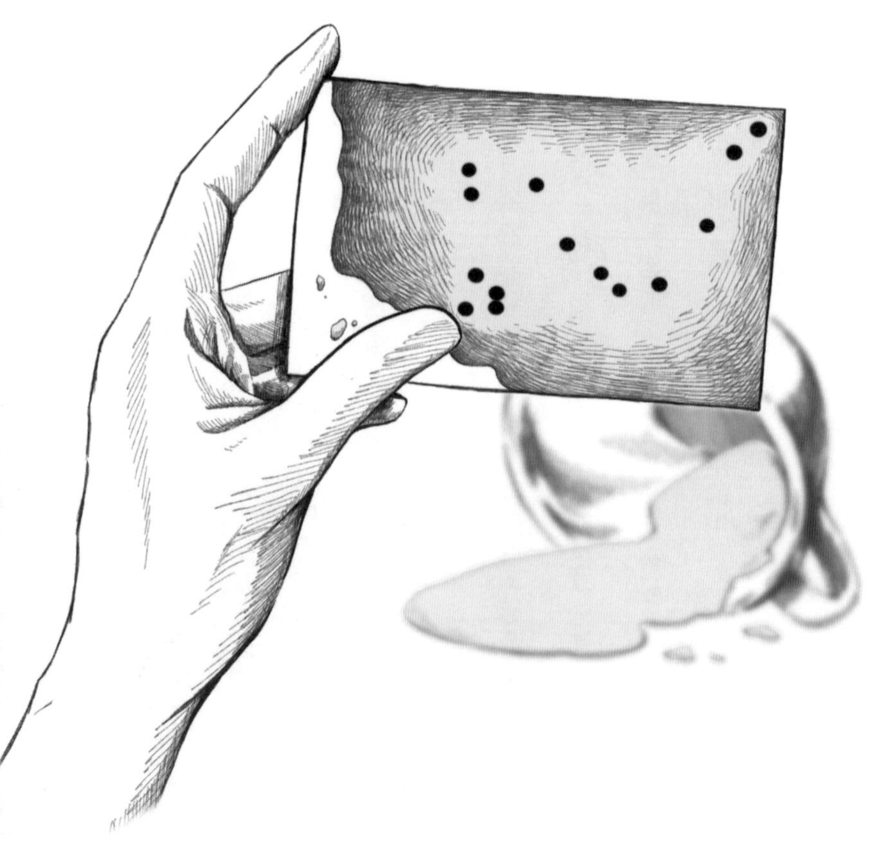

莫雷的好朋友艾倫博士符號專家，他肯定知道這個圖案的真正意思。莫雷急不及待將這個圖案傳真給艾倫博士。

「鈴──鈴──」不到五分鐘的時間，辦公室的電話響起了，來電的人正是艾倫博士。莫雷馬上接通電話：「艾倫，你認得那符號嗎？」

「當然，這不是什麼複雜的符號。」雖然艾倫博士這樣說，然而這只是對他而言，因為他研究古老符號已經超過二十年了，所以他才能一眼看出來。

「這到底是什麼意思？是一組密碼嗎？看起來並不像……」莫雷很高興，艾倫博士總是能夠解答他的疑問。

「這是一個天文星座符號。」艾倫博士解釋着：「天龍座是黃道帶上的一個星座，位於天鵝座和天貓座之間。它是南天的一個星座，也是北天的一個星座。

傳說中，天龍座是由希臘神話中的英雄赫拉克勒斯（Hercules）所殺的一條巨龍所化。這條巨龍是……」

又來了，艾倫博士每次遇上感興趣的話題，就會滔滔不絕，完全不給人插話的機會。「我……我知道了，謝謝你，艾倫。我現在有急事，下次再來向你道謝。」

「這條巨龍的屍體……」莫雷沒等艾倫博士說完，就已經掛了電話。因為聽到「天龍座」這三個字，莫雷心中已經有了答案：

偵探市城外有一座早已荒廢的建築物，名為「天龍莊園」。在二十年前，這是一個有名的富翁的大宅，然而現在已經渺無人煙，莫雷差點也忘記了這個地方的存在了。

解開了天龍座圖案的謎題之後，其他的圖案相對就變得簡單了。

莫雷仔細地觀察，圖案中有幾條線段，它們以某種特定的角度排列。莫雷對數字特別敏銳，不消一刻便看出這些數字的真正意思，正正就是指出目的地的方向和距離：

——北方向：12公里

——東方向：8公里

——西南方向：6公里

這些數字都在指向一個地方。莫雷馬上翻查地圖，從偵探市北門出發，跟着數字的提示，正正就是「天龍莊園」的位置，這裏就是火火所説藏着畫作的地方。莫雷決定一探究竟。

解開謎底之後，莫雷將這個好消息告訴了威廉爵士，威廉爵士很高興，馬上叫人開車送莫雷到「天龍莊園」。此時正值春末，剛出門的莫雷察覺天空佈滿了烏雲，氣溫略顯寒冷。微風輕拂，空氣中夾雜着濕潤的泥土氣息，宣告着一場春雨即將來臨。莫雷拉起衣領，感受到天氣的變化。

很快地，威廉爵士的車便來到了莫雷的偵探社門口。莫雷急不及待上車，前往「天龍莊園」。不一會兒，莫雷便到了目的地。此時天空中飄落下細細的雨絲，雖然雨勢不大，但卻給「天龍莊園」籠罩了一層神秘的薄紗。濕漉漉的青苔和古樹葉片在雨水的滋潤下更顯翠綠。

微雨中，「天龍莊園」的風貌顯得更加迷人。湖水在雨點的拍打下泛起漣漪，倒映着周圍的山峰與古樹。而古典建築的屋檐上，滴答滴答回蕩着雨滴撞擊瓦片的悅耳響聲，讓莫雷感受到了「天龍莊園」悠久歷史的痕跡。

莫雷踩着泥濘的小路，走進了「天龍莊園」。院子裏的花草被雨水滋潤，散發出一股清新的芬芳。在雨中，莫雷看到了幾朵含苞待放的牡丹，帶着晶瑩的水珠，顯得更加嬌艷。

踏進通往「天龍莊園」的大道，莫雷被一陣暖意包圍。燈火通明的長廊上，庭院的植物隨風搖曳，牆上的火把火光晃動。雖然外面的雨愈下愈大，但在這歷史悠久的莊園裏，莫雷感受到了溫馨與安逸。

走近「天龍莊園」時，莫雷注意到了莊園中古典風格的建築和裝飾。當莫雷走近「天龍莊園」的大門時，看到了一面雕刻精美的門牌，上面寫着「天龍莊園」。門牌的右方有一張字條，寫着：

聰明的偵探：

這麼簡單的圖案謎語，相信你看兩眼便能解開吧。可是當你找到這個地方的時候，我已經離開了。被偷走的畫就放在這座建築物的其中一個地方，然而能否打開這扇門就要看你的智慧和觀察力了。順帶一提，這個門鎖可是我親手設計的，希望你能好好欣賞眼前的風景。

可愛的怪盜
火火上

莫雷知道自己已經走到了接近真相的地方，然而這個地方，卻只是個開始。

——火火刻意安排的遊戲，並不會那麼簡單的。

7 巧妙的門鎖

真相是一個複雜的拼圖，偵探需要將所有的碎片拼湊在一起。

當莫雷站在門前，便注意到門鎖被重重鎖了起來。這是一道古老的大門，由厚重的黑色木材組成，門上雕刻着精美的花紋，綴以金屬鑲邊。門的上方，一條盤龍環抱着一顆璀璨的寶石，彷彿在守護着這座莊園的秘密。

莫雷站在門前，眉頭緊皺，目光如炬。門鎖位於大門正中央，由一個巨大的金屬圓盤組成。門鎖的設計相當複雜，圓盤上有五個可以旋轉的小圓盤，每個小圓盤上都有五個顏色，分別是：翠綠、鮮紅、淡黃、嫩粉和湛藍。小圓盤之間相互獨立，可以任意旋轉，形成不同的顏色組合。

莫雷仔細觀察門鎖，注意到圓盤周圍刻有一些精緻的圖案。圖案中有五隻鳥和五個太陽，每隻鳥的喙上都含着一朵花，與園子裏的花朵顏色相符。五個太陽則分別照射在五隻鳥的身上，顯示出陽光照射的順序。這些圖案似乎在暗示着解鎖的方法。但是莫雷觀察了好一會兒也沒有看出任何端倪，無法洞悉其中的破解方法。

雨停了許久，天空中的烏雲逐漸散去，露出了一片潔淨的藍天。陽光穿過雲層的縫隙，灑落在這片靜謐的「天龍莊園」上。空氣中彷彿瀰漫着一股清新的氣息，使人心情舒暢。此時的莊園周圍，樹木青翠欲滴，綠意盎然，映襯着遠處連綿起伏的山脈，形成了一幅如詩如畫的美景。

莫雷研究了將近半個小時，也沒有看出破解這個鎖的方法。莫雷倒也不是無從入手，他腦海中出現過百個不同的可能，但他依舊沒有動手——有過多的可能，「答案」就不會是真正的答案。莫雷深怕輸入錯誤的密碼後，會引發一些機關，帶來無法挽救的後果。他跟自己說：愈是着急的時候，便愈要冷靜、小心。

來的時候太急了，所以莫雷沒有吃午餐。幸好他隨身帶了不少糖果和巧克力，這時候便派上用場了。莫雷在花園中選了一張椅子坐下來，一邊吃甜點，一邊思考這個門鎖的破解方法。

剛進入花園的時候，莫雷已經感受到一股違和感，但是他並沒有注意到四周的環境，逕自走到建築物的門前。此時他舒緩自己的心情，居然開始欣賞起四周的花花草草。

「這些花長得真好。」莫雷開始自言自語，說：「而且色彩繽紛。」

雨後的「天龍莊園」更顯生機勃勃，花朵綻放得更加瑰麗。翠綠的蓮葉上，晶瑩的水珠在陽光下閃爍着光芒，彷彿是一顆顆綠寶石。鮮紅的玫瑰經過一場雨的洗禮，花瓣上的露珠宛如晶瑩剔透的珍珠，散發着迷人的光澤。淡黃的水仙綻放着溫婉的笑容，嫩粉的牡丹猶如一位害羞的少女，婀娜多姿。湛藍的鳳仙花則在樹蔭下輕輕擺動，好像在跳着一支優美的舞蹈。

莫雷首先注意到建築物四周的植物，發現在門前的花園裏，種植了**五種不同顏色的花朵**。「慢着——」莫雷突然想到什麼事情：對了，「天龍莊園」已經荒廢了二十年，怎麼可能長出這麼鮮豔的花呢？即使有這個可能，也斷然不會長得如此有規律，這肯定是有人用心栽種的。

莫雷回想起門前的那句提示，火火提到打開門的關鍵是「智慧和觀察力」，並提示自己要「好好欣賞眼前的風景」。一開始，莫雷以為這樣說的「風景」是指門鎖的設計，殊不知火火指的真的是「天龍莊園」的景色。

「對了！」莫雷奮然站了起來，這樣的話，答案就呼之欲出。莫雷敏銳地意識到：門鎖上有五個可以旋轉的圓盤，每個圓盤上都有五個顏色，與花朵的顏色相符。換言之，他需要找到正確的顏色順序來解開鎖。

此時正好雨後放晴，莫雷發現花園裏種植了五種不同顏色的花朵。這些花朵從左至右依次排列：翠綠的蓮葉、鮮紅的玫瑰、淡黃的水仙、嫩粉的牡丹和湛藍的鳳仙花。他猜想這些花朵的顏色可能和門鎖上的圓盤有關。

莫雷仔細觀察花園，發現每種花朵的生長環境不同。翠綠的蓮葉生長在陽光充足的水池旁，而鮮紅的玫瑰則喜歡溫暖的半日照。淡黃的水仙可以忍受部分陽光，嫩粉的牡丹則適應了半蔭的環境，湛藍的鳳仙花則生長在樹蔭下，喜歡陰涼的生活。莫雷了解到，花朵是按照陽光照射的順序排列的，從最需要陽光的植物開始，到最需要陰涼的植物結束。

莫雷記下了這個顏色順序：翠綠、鮮紅、淡黃、嫩粉和湛藍。然後按照這個順序旋轉門鎖上的圓盤，緩緩轉動。

「咔！」就在最後一個圓盤轉到位時，門鎖突然發出一道清脆的響聲，彷彿是被魔法解除的鏈條。

「解開了！」正當莫雷滿懷期待地推開門時，**門仍然是深鎖的**。

「什麼？」莫雷不敢相信，他對自己的推理很有信心，鎖肯定是解開了，為什麼門仍然沒法打開？

鎖是打開了，然而火火的挑戰卻不會如此簡單，這可是精心設計的。莫雷打開的，只是真正的謎語鎖的外層。他用手輕輕一按，真正的門鎖才浮現在眼前。

看到眼前這個鎖的設計，莫雷心裏不禁佩服設計者的智慧。莫雷仔細觀察門鎖，門鎖一環扣一環，以遞進的方式構成，**必須按次序解開**，才能進入莊園內部。

「我最喜歡謎題了，就把這當作是一道開胃菜吧！」看到這麼巧妙的設計，莫雷感到很好奇。這對他而言，就像是在玩解謎遊戲一樣有趣。

第一關是一塊旋轉拼圖。門鎖上有九塊圓形拼圖，排列成一個3x3的矩陣。莫雷嘗試旋轉其中一塊拼圖，相鄰的拼圖也會跟着旋轉，要是其中一塊拼圖錯了，就會陷入死胡同，必須重新開始。

莫雷一笑，這種設計雖然複雜，但解起來卻沒有難度，只是需要解謎人的**推演能力**，他在這方面是很有信心的。莫雷的腦中飛快地運算，若移動第一塊拼圖，其他拼圖有什麼影響，然而又在腦中推測下一個拼圖的不同變化。

莫雷觀察到，拼圖中有一條蜿蜒的河流穿過。莫雷相信這便是關鍵，決定先將拼圖旋轉到河流連成一條直線。接着，他將樹木和山丘也對齊。經過幾次嘗試，莫雷輕易地解開了旋轉拼圖。

邏輯推理正是莫雷的強項！

解開旋轉拼圖後，原本光滑的金屬表面忽然產生變化，有些既像文字又像圖案的東西突出來。莫雷心中暗暗稱奇，不說火火有多聰明，但他居然連這些機關技術也如此擅長，莫雷看見後反而有點欣賞火火了。火火到底是什麼人？他真正的身分又是什麼？為什麼要做一個盜畫的犯人？愈接近真相，莫雷的心中便浮現愈多疑問。

真相是一個複雜的拼圖，偵探需要將所有的碎片拼湊在一起。

愈了解火火，莫雷便愈是覺得這宗盜畫的案件並不是表明上那麼單純。

仔細閱讀之後，莫雷發現這一排排古老的文字，看起來像是古埃及的象形文字。經過一番研究，莫雷發現這些文字所組成的句子是一個數學問題。

太陽的三倍加上河流的五倍等於多少？

太陽、河流……這到底是什麼意思？指的是太陽的體積嗎？還是河流的長度？這樣算起來，會是一個天文數字。

不，問題不會這麼直接的。莫雷再回想一下，這個鎖既然是火火親自設計的，以他對火火的了解，肯定會有些「有趣的設計」令其感到自豪。在這此時，莫雷注意到這三環相扣的密碼鎖當中應該有些連繫。

這裏指的太陽和河流……並不是真正的太陽和河流！第一關的拼圖是一幅風景畫，當中就有出現這兩種風景，難道這裏所指的太陽和河流，是指拼圖中所代表的方格嗎？

莫雷重看第一關的圖案，發現太陽和河流的象形文字分別代表了數字。太陽在第五格，河流在第三格。他迅速計算出答案：

（5x3）+（3x5）=30。

莫雷在方格上輸入「30」，果然解開了第二個鎖。這時候，更大的聲音傳出來。莫雷被眼前的景象所震驚：一排鋼琴鍵出現在自己的眼前。看來火火除了是一個聰明的犯人外，在機關設計上也很有天份。

終於到了最後一關。莫雷知道要奪回畫作並不是一件簡單的事，卻也沒想到對手居然如此難纏。門鎖上的鋼琴鍵，分別對應着不同的音符，上面提示答案是四個鍵。

有了第二關的經驗，這次的難題莫雷心中已經有了眉目。這次的答案並非沒有提示，他肯定要用到第二關的資料。第二關中，象形文字的答案是「30」，這決定是與音階解謎有關。幸好莫雷對音樂也很熟悉，他知道，音符可以用字母A到G表示，要是將字母對應數字的話，便會得出：

A=1

B=2

C=3

D=4

E=5

F=6

G=7

用加法相加，任何四個數字都不能得出「30」這個答案，因此，這道數學題只能用乘法。

這樣一來，在1至7當中的四個數相乘的積是「30」，只有一個可能性，就是：「1, 2, 3, 5」

1 × 2 × 3 × 5 = 30

得出這個答案後，莫雷自信地按下四個音符。幾乎是在同一瞬間，門鎖緩緩地自動打開，一股莊重的壓迫感迎面而來，莫雷終於成功解開了這個複雜的門鎖。

單單只是一個門鎖，就已經如此複雜和有趣，莫雷忍不住去想：這莊園到底還有多少機關，還有多少謎題在等着我？這簡直就是他和火火之間的考驗，更是他們的智慧之戰。

8 秘室的秘道

就在莫雷取出信的同一刻，
便觸碰了建築物內的機關，
大廳的門和窗被重重鎖死。

莫雷終於成功進入「天龍莊園」，此時已經將近黃昏。他來得比較倉促，連他自己也沒想到這裏的設計如此複雜，居然花了不少時間。既然已經成功進入莊園，莫雷肯定要帶着畫作離開。

眼前是一棟西式風格的建築，擁有高大的牆壁，牆上懸掛着一些古老的燈籠和裝飾品。莫雷看到了一個非常大的木門，門上刻着一些奇特的圖案和紋飾，充滿神秘氣息。

莫雷雙腳踏入「天龍莊園」的時候，莊園的燈全亮起來，身後的門也緊緊閉上，這是為了封鎖莫雷的後退之路。來到這裏，莫雷只能選擇繼續向前行了。

「歡迎來到『天龍莊園』，讓我為你好好介紹一下這個地方吧，偵探先生，首先你想到哪裏呢？」就在大門關上的同一刻，屋內傳來了一把女性的聲音。雖然莫雷沒有聽過火火的聲音，但他直覺說話的人就是火火。

火火並不在莊園內，這是預先錄製好的音檔。就像機關一般，莫雷走到哪裏，都會伴着火火的聲音，為他一一介紹這座莊園。

當莫雷走進大廳時，他看到了一個非常寬敞和豪華的空間，大廳的地面鋪着一塊漂亮的石材地板，上面擺放着一些奢華的家具和裝飾品，例如沙發、燈具和花瓶。大廳的牆壁上掛着一些古老的畫作和藝術品，這些作品都是西式風格的，但同樣充滿着藝術氣息和文化底蘊。

這裏雖然已經荒廢多年，擺設卻如此整潔，莫雷相信火火應該在這裏住過一段日子。

莫雷仔細留意所見的一切，他很了解火火的為人，這些不起眼的擺設，很可能就是提示之一。大廳的天花板非常高大，上面懸掛着一個非常大的吊燈，這個吊燈非常華麗，由許多小珠子和水晶組成，讓人感到十分的奢華和美麗。

莫雷在建築內部走了一圈，既沒找到火火，也沒有看見畫作。火火説畫作就在這建築物之中，難道是騙人的？不，像火火這樣自負的人，只想證明自己比其他人聰明，所以不可能説謊。

最後，莫雷來到一張飯桌上，他發現桌上放了不少美味的食物，食物居然還是熱騰騰的！

在水果盤中間，火火留下了一封信，信中寫着：

親愛的偵探先生：

歡迎來到「天龍莊園」。希望我的門鎖不會令你感到為難，因為這只是「入門級」的挑戰。經過辛勞的思考後，相信你已經餓了，我準備了豐盛的晚餐給你補充能力，請你好好享用，然後繼續享受我留給你的遊戲。

接下來的遊戲可能要用二至三天時間，我已經準備了足夠的食物。放心，廚師是不會在食物中下毒的。

廚藝高超的怪盜
火火上

就在莫雷取出信的同一刻，便觸碰了建築物內的機關，大廳的門和窗被重重鎖死。換言之，莫雷這一刻被困在大廳內，這裏連電話訊號也沒有，莫雷不能求救。要是他不能破解密碼的話，很有可能死在這裏。

正常人在這種情景下肯定自亂陣腳，莫雷此刻卻被眼前的美食吸引住，忍不住立即就吃起來。

「哇！火火的廚藝也太好了吧。」莫雷一邊吃一邊稱讚。可能是他餓得太久了，所以此刻吃什麼都是美味的。

門鎖對火火而言只是「入門級」，那麼說這一次的「密室逃脫」難度將會是無法想像的，既然如此，莫雷更加需要有足夠的營養。莫雷抱着不浪費食物的想法，把桌上的食物一掃而空。

正當莫雷享用着美食的時候，危險正向着他一步步逼近。莫雷慢慢感到一陣暈眩，難道是食物裏下了毒嗎？不，莫雷對此很有信心，這並不是火火的手段。跟火火交手以來，他一直在深入了解這個對手的思考模式。莫雷認為：

犯罪者的動機是案件的靈魂，只有理解他的心，才能破解他設下的陷阱。

因此，莫雷在思考對手的犯罪手法時，會代入對方的身分。他相信火火是不會這樣做的。然而這一刻……不，莫雷冷靜下來觀察自己身體的變化，這種感覺並不像是食物中毒，而是……缺氧。

這個密室裏的氧氣，在不知不覺間被抽走了。氧氣像是房間裏無聲的計時器，對於被困在其中的莫雷而言，每一秒都意味着更加緊迫的危機。要是莫雷不能在限時內破解密室，他將會缺氧而死。缺氧的危險不僅在於可能導致莫雷的死亡，同時也會影響他的思考能力，使他產生一種無法避免的緊張感。在這種極限環境下，莫雷必須快速尋找解決方案，保持冷靜，並儘可能減少身體活動，以便在限時內破解密室並逃脱。

莫雷在大廳中心站立，不禁感到一陣寒意。這個密室是他人生中遇到過最為複雜和高深的挑戰。他環顧四周，大廳的門和窗都被鎖上了，空氣中彷彿彌漫着一股詭異的氣氛，讓莫雷心中不禁生出一絲恐懼。

時間就像一條無形的繩子，時刻牽制着莫雷的心。他知道，這個複雜的密室就像一個無情的捕獵者，正在等待着他的毫無防備。在這個寂靜的環境中，莫雷意識到自己必須迅速找出逃脫的方法。

他首先審視了天花板的吊燈，這裏的**吊燈設計很不尋常**。一來吊**燈太多**，他看過威廉爵士的家，也沒有這麼多吊燈；二來是**光線太刺眼**，這並不是一個好的選擇，尤其是長期居住在這裏的人們。因此，這肯定是火火刻意設計的。可是這一刻，他仍未看出吊燈的巧妙之處。於是，莫雷暫時擱置吊燈的線索。

接下來，莫雷又發現**大廳的地板有些異常**。地板是一個巨大的圓形空間，地面鋪設着錯綜複雜的圖案。大廳內並沒有什麼地方或者道具能讓莫雷從高處俯視，所以莫雷只能一步步走，並一邊記下每個圖案，再將這些圖案記在腦中，拼湊出完整的圖畫。

這對於普通的偵探而言是個極困難的挑戰，因為地板上有四十九幅圖案，普通人根本不可能記住這些圖案。而火火刻意搬走大廳所有可以疊高的工具，因此偵探只能想辦法讓自己置身高處。

然而莫雷卻沒有這樣做，因為他的記憶力特別好。雖然有些吃力，但是莫雷花了足足兩個小時，最終還是把所有圖案都背下來了。這樣一來，莫雷終於發現地板上的圖案似乎是一個迷宮，迷宮對應着一條路徑，他沿着迷宮的線條走着，一步一步地嘗試找到通往「出口」的道路。

隨着莫雷慢慢地在地面迷宮中前行，在「出口」位置的地板上有一個個隱藏的機關。這些機關暗藏在地板的縫隙之間，只有細心觀察才能發現。莫雷不禁為這個密室的設計者感到敬佩，這樣的設計巧妙地將線索融入環境之中，讓人不察覺。

在成功解開了地板機關後，天板花的吊燈的光線產生了變化。感覺到燈光輕微變化的莫雷，馬上抬頭看向天花板。此時，一道道錯綜複雜的光影交織在一起，形成了一個巨大的圖案。這個圖案看似無序，但實則蘊含着深奧的秘密。莫雷絞盡腦汁，努力將這些光影組合成有意義的形狀。

原來如此，**只有破解了地板的謎題，才會觸發吊燈的變化**。

這樣抬頭仰視，使得本來就處於輕微缺氧狀態的莫雷感到不舒服，於是他索性躺在地上，以一個舒適的臥姿，仔細地觀察這幅「光影之畫」。

莫雷終於發現了其中的規律：這些光影是由一個個幾何圖形組成的，每個幾何圖形都有自己的顏色和形狀。莫雷意識到，他需要將這些圖形拼接在一起，以解開天花板光影的秘密。

莫雷依次將這些圖形按照顏色和形狀的規律排列，終於拼湊出了一個完整的圖案。這個圖案呈現出一個神秘的**女神形象**，她的眼中流露着**智慧和力量**。

莫雷反復琢磨這幅「光影之畫」，剛才莫雷就注意到，天花板光影畫的畫風似曾相識，給人一種和諧的感覺。

《曙光下的騎士》！

莫雷幾乎認不出來，因為兩者的技巧太不一樣的，《曙光下的騎士》的藝術技巧並不高，像是一個初學油畫的畫家所繪；而這幅女神的藝術技巧顯然較高，是一個經過訓練的畫家。然而這兩幅畫都有很多相同之處，特別是在光暗陰影的處理上，很容易使人聯想到：這兩幅畫是出自同一個畫家不同時期的作品。

想到這裏，莫雷似乎又明白了什麼似的，然而這一刻他還不太肯定。要是這樣的話，火火……給他的印象又有些改變了。

莫雷認得畫中女神的形象，就是古希臘神話中的**智慧女神雅典娜**（Athena）。雅典娜被崇拜為正義的象徵，代表了勇氣和智慧。這幅畫中，雅典娜的眼睛和手上的長矛都指向了書架的位置。

要是長矛象徵着勇氣，那麼書籍象徵的就是智慧了。莫雷毫不猶豫地走到書架前，逐一檢查書目。其中一本書叫《稻草人與獅子》，這本書的書名深深吸引了莫雷的注意力，不禁令他想起《綠野仙蹤》

的故事。在這個故事中，主角被颶風捲到一個神奇的國度，開始一場不思議的旅程。主角有三個小夥伴，當中包括希望擁有智慧的稻草人和期盼自己可以擁有勇氣的獅子。因此，書名中的「稻草人與獅子」指的應該就是智慧和勇氣了。

莫雷深深吸了一口氣，取出這本書。同時間，書架後方傳來牆壁移動的聲音，似乎是觸動了什麼機關似的。就在同一刻，莫雷暈眩的感覺也消失不見了。莫雷馬上大口大口地呼吸着。

待自己回過氣來，莫雷這才用力將書架移開，果然出現了一條秘道，這條秘道正是密室的入口，也就是藏着畫作的地方。他成功地找到了密室的出口，走出了這個令人窒息的空間。

9 迷宮的真相

莫雷不停地咽口水，
他的心跳加速，
感到自己的身體與
這座巨大的迷宮融為一體。

走過蜿蜒曲折的暗道，莫雷終於看見來自盡頭的光線了。來到了另一個空間，在他面前出現了一個巨大的迷宮。

哇！

莫雷感到驚訝，心情十分複雜，看來火火的能力比他想像中還高，他不僅設計出精巧的門鎖，居然還能建起這種龐大的迷宮。

「要是火火這種智慧用在犯罪上，肯定會帶來眾多災禍。」莫雷在心中想，但他希望不會發生這種事。他的眼睛不斷地掃視着迷宮的每個角落，看到了高聳的牆壁、錯綜複雜的通道和隱藏在角落的陷阱，這些都讓他感到一絲絲的挑戰和危險。

莫雷不停地咽口水，他的心跳加速，感到自己的身體與這座巨大的迷宮融為一體。莫雷來到這個變幻莫測的迷宮面前，深深感受到一種無法言喻的緊張感。

「接下來的已經不是解謎遊戲了。我必須戰勝這個迷宮，才能完成這次冒險的使命。」莫雷很清楚，這座迷宮正是火火的「傑作」，看見這座迷宮之後，他才明白火火說門鎖只是「入門級」的意思。莫雷知道，接下來的挑戰跟剛才那些不是同一個層次，但他還是決定勇敢地踏入這個危機四伏的地下室。

迷宮燈光灑在莫雷的眼鏡框上，猶如一道光環。莫雷輕輕脱下自己的眼鏡框，然後放入自己的口袋。那是他父親留下的遺物，象徵着他對過去的眷戀與對未來的希冀。

接着，莫雷緩緩地撥開頭髮，露出了英俊的面容和堅定的眼神。

他深吸一口氣，拍了拍自己的臉龐，高聲説道：「嘿嘿，謎團時刻！」

在這一瞬間，莫雷彷彿化身為一位無懼困難的勇士，他將勇敢地迎向未知的風險與挑戰。在出發之前，莫雷將迷宮研究得徹徹底底，並開始在腦海中構思不同的可能性，以及推測火火會如何**利用迷宮的特性來設下難題**。

莫雷認為自己觀察得足夠了，才開始小心翼翼地邁出自己的第一步。當他一步步深入迷宮，便聽到機關的聲音。這裏的氧氣是足夠的，然而卻很寒冷。剛開始的時候，莫雷認為是因為自己身處在地下室，所以溫度會比較低。但他慢慢發現事實並不是這樣的，溫度正以一個他能感受得到的速度不停下降。這就是火火的第二個陷阱，他不可能讓莫雷好好地思考，所以設了這種寒冷的環境。

更重要的是，莫雷發現自己每走一步，牆壁就在不經意間發生變化，讓他陷入一個又一個死胡同。每當他觸碰到一個機關，牆壁就會隨之變化，讓他陷入更深的困境。

這個迷宮似乎是無解的，無論莫雷怎樣走，都會遇上死胡同，然後他沿着唯一的路回頭走，發現自己又回到了起點。迷宮中愈來愈冷，莫雷來來回回已經三四次，仍然找不到出口。

莫雷並未灰心，他也不可能在這個時候灰心，因為回頭的路已經被切斷了，要是他在這種時候放棄的話，不消兩個小時，就會被凍死在這裏。於是，莫雷冷靜下來，開始觀察迷宮的變化規律，試圖找到其中的破綻。

在一連串的摸索中，莫雷發現迷宮牆壁的變化似乎與他踩過的地板有關。他細心觀察地板，發現每一塊地磚上都刻有一個古老的符號，符號初看起來雜亂無章，但其實可以分為兩大類：一類是**代表方位的符號**，如東、南、西、北；另一類則是代表時間的符號，如日、月、星。

「原來如此……」莫雷將這些符號按照自己的理解進行分類，並逐一在地磚上進行標記。他發現，當他踩到某個地磚時，附近的牆壁就會按照地磚上的符號所表示的方位和時間發生變化。莫雷很慶幸自己能在這種惡劣的環境下保持冷靜，但他深知這種冷靜將會隨着溫度的下降而瓦解。

這是莫雷遇過最危險的一次冒險。

莫雷決定將這些符號與迷宮牆壁的變化進行對應。他仔細觀察每次踩到地磚時牆壁的變化，並試圖找出變化的規律。經過多次實驗，他逐漸發現了一個重要的規律：當他踩到一個帶有方位符號的地磚時，**相應方向的牆壁會向另一個方向移動**；而踩到帶有時間符號的地磚時，則會**按照時間的先後順序改變牆壁的位置**。這意味着，莫雷可以通過控制自己踩到的地磚，控制迷宮牆壁改變的位置。

在掌握了這個規律後，莫雷開始嘗試利用這一特點來解開迷宮。他仔細觀察每個路口的地磚，並根據地磚上的符號，嘗試預測牆壁的變化。他發現，當他踩到一個帶有東方位符號的地磚時，西邊的牆壁會向東移動；而當他踩到一個帶有日符號的地磚時，牆壁則會按照日出至日落的順序移動。透過這樣的推理，莫雷逐漸找到了一條通往迷宮深處的路徑。

走出了迷宮的盡頭，莫雷的眼前出現了一道白色的門，這道門又會有什麼密碼呢？他剛剛才鬆一口氣，不禁又再緊張起來。顧不了那麼多，再停在這裏，他肯定會冷死。莫雷馬上急步向前走，在白色的門前停下腳步。

什麼鎖也沒有？這樣……莫雷應該如何破解呢？莫雷伸出右手，輕輕一推，門居然輕易地打開了。

門居然沒鎖上？

莫雷走進房間內，一股暖流迎面而來，驅走他全身的寒意。莫雷覺得舒適了不少。

莫雷忍不住笑了出來，自己實在太緊張了，看到有門，就神經質地以為肯定有複雜的鎖，這真是偵探的職業病。

然而，門雖然能輕易地打開進入，但當莫雷進來了，門卻鎖上。

換言之，莫雷又被困在這個白色的房間裏。

這間神秘的房間四面都是白色的牆壁，屋內空空如也，四個角落各有一座懸浮的平台。莫雷走近平台一看，每個平台上都有一個不同顏色的水晶球，分別為紅、藍、綠和黃。

在看起來像是出口的門上，掛着一張泛黃的羊皮紙，上面寫着一則謎題：

四方水晶球，
慎重辨真偽。
紅球說，藍球說真話，
藍球說，我本是偽者，

綠球說，黃球在說謊，
黃球說，紅球不可信。
欲前往真相，
必先破此謎。

莫雷深吸一口氣，開始思考這個謎題。他知道，這個謎題的解答將決定他是否能找到通往真相的道路。

這是一條邏輯題目，四個人的「口供」互有矛盾，必須要逐一排除他們的真假，才能找出最終答案。

這本來就是普通的偵探工作，莫雷不知道經歷過多少次了。他常常遇上一些案件，要向犯案現場的人取口供，並聽出他們口供的破綻，所以這對莫雷而言並不困難，只是需要足夠的時間。

就在這個時候，原本因為在寒冷時遇上暖流而高興的莫雷，似乎感覺到這裏的氣溫有些異常，因為他正熱得出汗了。莫雷知道，高溫是這房間的另一個時間限制，然而這次他仍然保持冷靜，不管氣溫如何變化，都不會影響他的推理。

莫雷從袋中取出自己的筆記本，將這幾句詩寫上去。然後從頭開始推理當中的邏輯。

他首先分析紅球的陳述，如果紅球説的是真話，則藍球也在説真話。但藍球卻聲稱自己是偽者，這就產生了矛盾。因此，**紅球在説謊**。利用「**排除法**」，莫雷便能輕易地將紅球的陳述刪走。

接着，莫雷分析藍球的陳述，如果藍球説的是真話，那意味着它自己是偽者，這同樣存在矛盾。因此，**藍球也在説謊**。

紅球和藍球都在説謊，那麼真相就在綠球和黃球之間。莫雷思考綠球的陳述：「**綠球説，黃球在説謊**。」如果綠球説的是真話，那麼黃球就是**在説謊**。換言之，黃球所説「紅球不可信」這句話也是假的，換過來的意思説就是紅球説真話。可是莫雷剛剛已經證實了**紅球和藍球都在説謊，所以綠球也是假的**。

因此，答案就只有黃球。因為紅球確實是偽者，所以**黃球在説真話**。

最後，莫雷得出結論，黃球是唯一説真話的水晶球，而其他三個水晶球都在説謊。得出答案後，莫雷急不及待地觸碰黃球，因為他已經熱不可耐了。

就在此時，房間的一角，一道光芒閃過，那掛着羊皮紙的門徐徐打開，弄濕了莫雷的褲腳。

10 起點就是終點

莫雷在被淹的前一秒，

深深地吸了一口氣。

咦！？

為什麼……這裏會有水呢？莫雷納悶着，抬頭一看，天花板並沒有漏水，那麼這些水是從何處來的？

下一秒，莫雷馬上就知道答案了：一波強大的浪潮正向着他捲來。莫雷連忙往後退，才發現自己已經沒有任何退路了。

這白色的屋子是迷宮的最深處，而那扇門正正就是阻隔這水流的「河堤」。在門被打開的一刻，所有水馬上湧入房間之中。不消半响，空無一物的白色房間已經注滿了水。

莫雷在被淹的前一秒，深深地吸了一口氣。

糟了，這對莫雷而言，將會是最困難的一關！莫雷平日就連快走幾步也會喘氣，體能之差跟他的智慧可以說是偵探市首屈一指的。此刻要是考驗莫雷的游泳技巧的話，他也束手無策了。

莫雷閉着氣，希望自己能夠在短時間逃離。愈短愈好，因為他不知道自己的身體能堅持多久。眼前是一個充滿水的迷宮，由無數錯綜複雜的管道和通道組成，他必須在有限的時間內找到通往下一個區域的出口。

死定了！

這是莫雷心中的唯一想法。他還以為與火火的智慧之戰會是頭腦的競技，真沒想到居然還考驗自己的體能。

「體魄是所有偵探的基本。」莫雷此時想起老師的話，他覺得老師說的是對的，如果自己能成功逃離的話，一定要好好做運動。

冷靜下來的莫雷，開始觀察四周的環境。水面下的世界映入眼簾，五顏六色的光線在管道和通道之間閃爍，照亮了莫雷的道路，卻也刺眼得使他幾乎睜不開眼睛。在這種時候，光線幾乎是發揮不了任何作用。

莫雷的心跳加速，他知道自己的氧氣供應有限，必須在時間耗盡前找到出口。他小心翼翼地在水下迷宮之間穿梭，時而緊貼管道，時而穿越狹窄的通道。途中，他還遇到了幾個密封的房間，裏面有些氧氣罩，他便趁機補充了一下氧氣。

隨着時間的推移，莫雷感到愈來愈焦躁。他努力保持冷靜，告訴自己不能氣餒。他也開始注意到迷宮中的一些細節，那些光影並不是胡亂照射的，**它們正指向不同的方向**。六種不同顏色，六條不同的道路。

莫雷該如何選擇？他毫無頭緒。時間一分一秒地過去了，這一關卡並沒有任何提示，莫雷也不知道真正的出口會在哪裏。莫雷知道自己將近極限，他只可以選擇其中一條指示路徑，要是選錯了，他沒有足夠的體力來回。所以他要找出線索，找出正確方向的提示。

「要是這是最後一關的話……」莫雷開始思考起來。他將自己代入火火的思維當中。**火火的設計並不會毫無目的**，當中一定還有些什麼重要的線索自己還沒想清楚。

火火的設計都是巧妙而有連貫性的，這一點莫雷早就知道了。任何一個不起眼的細節，都可能是某個關卡的解難關鍵。

剛才大廳的光影之畫，設計用的是希臘神話中的雅典娜，莫雷那時候便隱約留意到這一點：艾倫博士曾經跟他說過天龍座的背景時，也提及過希臘神話的事，因此可以知道火火的設計是有巧思的。

於是，莫雷從頭到尾回憶一次所有事件，包括第一宗盜畫案，甚至是房東伊莉莎白被偷東西的事件，犯人和火火都是住在黑玫瑰酒店，那個時候莫雷便覺得所謂的「巧合」其實是火火的安排，於是莫雷便在想：火火並不是真的想偷走畫作，而是另有目的。所以他設計了一宗房東伊莉莎白的偷盜案，引發莫雷想出犯案手法。

一切還可能在更早之前，**在所有事情發生之前**，甚至可能早在莫雷收到傳單的一刻開始思考，這中間肯定還有他遺忘了的事情。

起點便是終點，終點便是起點。

事件的起點，也可能是事件的終點。

傳單……黃色的傳單……慢着！莫雷的腦袋急速思考：

黃色的傳單。

黃色的卡片。

黃色的《曙光下的騎士》。

黃色的光影之畫。

以及……誠實的黃球。

莫雷明白了。他馬上向着黃色的光線所指的方向游過去。沒錯，一定不會錯，這些提示，在莫雷進入大宅之前就已經設計好了。莫雷一直不明白傳單上「起點便是終點，終點便是起點」的意思。他這刻終於明白了，黃色就是最終的答案。

莫雷一口氣游到盡頭，但仍然不見出口。就在他幾乎要放棄的時候，他注意到死胡同的一角有一條狹窄的通道。通道的另一端似乎有光亮透出。莫雷猶豫了一下，最後決定冒險一試。他艱難地穿過狹窄的通道，終於來到了出口。

這裏是一個幽暗的地下室，四周擺放着各式各樣的古董和藝術品，彷彿是一個私人的寶藏庫。莫雷小心翼翼地踩着石板地面，眼前的一幕讓他感到震撼，但他心中只有一個目標：找回那幅失竊的畫作。

在地下室的一角，莫雷終於看見了被偷走的畫作。那幅畫被放在一個精緻的木質框架內，周圍環繞着無數的蠟燭，照亮了畫作上的每一筆每一劃。這幅畫作顯然獲得了極大的尊重，但莫雷知道，它必須物歸原主。

「先生，你終於來了。」黑暗中傳來一把女士的聲音。

「是誰？」莫雷沒想到這裏居然還有其他人。這把聲顯然不是火火的，因為火火不可能在此現身。

莫雷瞪着聲音的來源，一個慈祥的女士提着燈，走到莫雷的面前，溫柔地向他行了個禮，說：「偵探先生，你果然來了。」

「你……你認得我嗎？」莫雷開始有些搞不清楚情況。

只見那位女士搖搖頭，說：「不，先生，是有人叫我在這裏等你的。」

「有人……」莫雷很快就知道，叫她在這裏等自己的，肯定是火火。

「你是？」

「啊，抱歉，偵探先生，我仍未自我介紹。」莫雷這才看清楚女士的樣貌。

「我叫蘇菲。」莫雷確認自己並不認識這個人，可是接下來蘇菲說出的話，卻令莫雷大吃一驚：「我是……威廉爵士的妻子。」

「妻……妻子？蘇菲女士，問題是……你怎會出現在這種地方？」

「昨天，我在前來偵探市的時候，有一位神秘人叫住了我。」他說的人便是火火：「他自稱是威廉的朋友，說是已經找到了**我的畫作**，想請我到這裏辨認一下畫的真偽，我根據他給我的地址來到這裏。後來，他叫我在這裏留一晚，說今日會有一名偵探過來，把這幅畫和我帶到威廉面前，所以我便在這裏等待你的出現。」

莫雷歎了一口氣，沒想到最後，他還是被火火擺了一道。莫雷心中暗暗發誓，下次必定會戰勝火火。

明白了整件事的來龍去脈，莫雷帶着夫人和畫作，穿過一道道曲折的通道，回到了陽光普照的戶外。此時，他無法抑制內心的喜悅，緊握着畫作，馬不停蹄地趕到威廉爵士的大宅。

11 重逢

蘇菲慢慢走向威廉爵士的身邊，

威廉爵士也朝她的方向步近，

他們面對面之時，卻不發一言。

「威廉爵士，我為你帶來兩個好消息。」莫雷在電話中説。

「好消息？難道你已經找回我的畫了嗎？」即便是隔着電話，莫雷依然能感受得到威廉爵士的激動。

「這是當然的。不過，還有另外一個好消息，我想你親眼看到。」

説罷，莫雷和蘇菲已經來到大宅前。

很熟悉的感覺，像是一切也沒有變化過似的。這裏依然是蘇菲認識的大宅，跟她多年前離去的時候一模一樣。

威廉爵士知道莫雷會把畫作帶回來，便站在門口等待他。此時，威廉爵士還來不及激動，莫雷身後便出現了一張熟悉的臉孔。

一個威廉爵士期盼已久的人。

「夫……夫人？你……你為什麼會在……」看到自己多年不見的妻

子，威廉爵士驚訝得說不出話來。

蘇菲慢慢走向威廉爵士的身邊，威廉爵士也朝她的方向步近，他們面對面之時，卻不發一言。

「我看到了……」蘇菲首先開口：「我看到了新聞，關於那幅畫。」

「哦，是……是的。」威廉爵士開始哽咽地說：「對不起……沒能夠好好保護那幅畫，真的對不起！」

看見眼前這個男人居然哭了起來，蘇菲心中餘下的怒氣也隨之而煙消魂散了，輕聲說：「又不是什麼名貴的東西，你又何必為了它大費周章呢？」

「不，不。那幅畫對我來說，就是世上最名貴的東西。因為那幅畫……是你親手畫的啊——」

原來，威廉爵士和他的妻子蘇菲出身貧窮，他們來到大城市後，憑着自己的努力一步步改善生活。蘇菲喜歡畫畫，她最愛的就是畫威廉爵士認真工作的樣子。後來威廉爵士一步一步地成為了城市中最有影響力的商人，卻因為忙於工作而忽略了自己的家庭。他每天都忙於應酬客戶、談判和處理公司事務，權衡着商業間的利益和風險。在這繁忙的生活中，他幾乎忘記了自己的妻子蘇菲。

蘇菲曾是威廉爵士生命中的陽光。她的笑聲像春天的櫻花，總能為威廉爵士的世界帶來溫暖。然而，在金錢的誘惑下，威廉爵士漸漸將心思放在生意上，忽略了對蘇菲的關愛。蘇菲的心，也逐漸在寂寞中枯萎。

終於有一天，蘇菲忍無可忍，決定離開威廉爵士，投向遠方的世界。她帶着眼淚，留下了一封傷感的信：「我曾經是你生命中的芬芳，但如今我已成為你忽略的角落。我必須去尋找屬於我的幸福，即使那意味着我將永遠離開你。」

當威廉爵士在忙碌之際讀到這封信時，心中的悔恨無法言喻。他明白自己是多麼愚蠢，以至於失去了生命中最重要的人。直到蘇菲離開了，威廉爵士才醒覺自己做錯了。他沒有好好關心自己的家人，忽略了他們的感受，所以蘇菲才會離開自己。因此，威廉爵士特別珍惜夫人留給他的最後一幅畫。

時光荏苒，威廉爵士的生意愈來愈大，財富也愈來愈多。但是，他的心卻愈來愈空虛。那曾經的歡笑，已經在風中消散，只剩下寂寞的回憶。

蘇菲並沒有留下任何通訊的方法，所以兩個人從此失聯。威廉爵士無論怎樣打聽，也打聽不了蘇菲的消息。直到這次怪盜偷畫的事件出現，因為火火的行徑實在太特別了，所以各大報紙都報導了偵探市威廉爵士的事件。蘇菲看了新聞才知道原來威廉爵士一直惦記着自己，所以又再一次回偵探市。就在蘇菲準備踏入偵探市的一刻，火火留住了他，並請他到「天龍莊園」等待莫雷的前來。

這一切，正是火火偷畫的真正目的。

就是為了讓威廉爵士和蘇菲夫婦重逢。

威廉爵士瞪大了眼睛，淚水在眼眶中打轉，他感激地説：「蘇菲，我真的不配擁有你。我承認我曾經犯了錯，但是，現在我願意犧牲一切，只要你能留在我的身邊。」

蘇菲微微一笑，語氣柔和地回答道：「我們都成熟了許多，也許是時候讓過去成為過去，勇敢地面對未來。」

威廉爵士深情地凝望着蘇菲，説：「我答應你，從今往後，我會珍惜你，呵護你，不讓你再受到任何委屈。」

説着，威廉爵士拉着蘇菲夫人來到後花園，一架秋千就在正中央。蘇菲夫人當年最愛盪秋千，而威廉爵士每次都會站在她的身後輕輕地推她，那時，花園總會傳來蘇菲夫人的笑聲。打從蘇菲夫人離開之後，威廉爵士一直好好保養這架秋千，可是它卻像威廉爵士的心一樣，永遠都是空蕩蕩的。

如今，蘇菲夫人再一次坐在秋千上，威廉爵士站在她的身後溫柔地推着。這是他們感情的起點，如今他們又再一次回來了。

12 名偵探公會的邀請信

看到信封上的圖案時，

莫雷瞪大了雙眼。

他認得這個圖案，

正是名偵探公會的象徵。

怪盜火火的風波已經過去半個月，莫雷的名氣也因此而變大了。只是偵探社的業務卻沒有因而變好。一天，莫雷回到自己偵探社，坐下了來，享受着一杯香濃的咖啡，思考着他接下來要做什麼。突然，他聽到了敲門聲，他看向門的位置，心裏想着：「這是誰啊？我不記得有預約任何人來訪。」

他走向門口，打開門，看到威廉爵士正站在那裏，他的臉上帶着微笑，看起來很友善。

威廉爵士說：「你好，莫雷先生，我來感謝你的幫助。」

莫雷馬上招呼他：「啊，是威廉爵士啊，請進來。」

莫雷帶着威廉爵士進入他的辦公室。原來威廉爵士早前跟蘇菲去渡假，剛剛回到偵探市，於是親自帶着手信過來向莫雷道謝。

威廉爵士說：「我真的很感謝你，莫雷。你解決了我的問題，還把我的夫人帶回來，讓我從一個困境中走出來。我真的不知道該怎麼感謝你。」

莫雷為威廉爵士倒了一杯咖啡，坐在他的對面，說：「不用客氣，這是我的工作。我很高興我能幫到你。」

他們繼續交談，威廉爵士向莫雷講述了他的生意和家庭，莫雷也向威廉爵士講述了自己的經歷和理念。他們彼此開始建立起友誼，彼此的交談讓莫雷感到非常的舒服。

「其實這一次來，我還有一個目的。」威廉爵士一邊說，一邊從口袋中取出一封藍色的信封。看到信封上的圖案時，莫雷瞪大了雙眼。他認得這個圖案，正是名偵探公會的象徵。

「你想必認得這個圖案，這是名偵探公會的邀請信。」

「邀請信？」

「是的，名偵探公會舉行了一個偵探競技大賽，想選出世界上最聰明的偵探。」威廉爵士一邊說一邊打開信件，接着說：「信裏提到，我們要在自己的城市中選出一名偵探，代表城市出戰。你明白的，這是很重要的比賽。」

莫雷當然知道，這件事關乎到偵探市的聲譽。莫雷問：「威廉爵士，你這是……」

「經過怪盜火火的事件後，大家都認定了你是我們當中最聰明的偵探，我詢問過眾人的意思，大家都推舉你成為我們偵探市的代表。」

聽到這裏，原本謙虛的莫雷卻興奮起來了。他早就想見識其他偵探的能力，這一次比賽將會雲集全世界最聰明的人，他們會遇上什麼難題，又會如何發展呢？

想到這裏，莫雷不由得期待起來。他果斷地接過威廉爵士手中的邀請信，說：「走，我現在就可以出發。」

名偵探莫雷的10大格言

1 每個線索都像拼圖的一塊，就算再小的細節，也可能是破案的關鍵。

2 不要輕易下定論，真相總是藏在你意想不到的地方。

3 犯罪者的動機是案件的靈魂，只有理解他的心，才能破解他設下的陷阱。

4 對於偵探而言，最重要的品質是堅持不懈，直到找到真相為止。

5 最好的偽裝往往是最簡單的真相，我們需要敏銳地捕捉這些細微的變化。

6 我們追求的不僅僅是真相，還有那背後的公平與正義。

7 偵探的工作就像是在黑暗中摸索，只有堅定的信念，才能照亮前方的道路。

8 敢於質疑一切，永不妥協，那就是偵探的精神。

9 尋找真相的過程有時候比真相本身更加重要。

10 真相可能會讓你感到痛苦，但只有透過面對它，你才能從中學習。